呪われた仮面公爵に嫁いだ薄幸令嬢の掴んだ幸せ

花宵

24189

角川ビーンズ文庫

CONTENTS

リフィア・エヴァン
魔力を持たない伯爵令嬢。
売られたも同然で
オルフェンに嫁ぐ
CHARACTERS
呪われた仮面公爵に
嫁いだ薄幸令嬢の
掴んだ幸せ
オルフェン・クロノス
公爵であり王国一の魔術師。
王太子を庇い、呪いを受けた

セピア・エヴァン

エヴァン伯爵令嬢。
リフィアの妹

アスター・ヴィスタリア

ヴィスタリア王国王太子。
未来を読み解く
『希代の天才占星術士』

セレス

世界を整える機能を持つ
世界樹の精

ラウルス・フレアガーデン

フレアガーデン侯爵家三男。
現王国魔術師団団長

イレーネ・クロノス

オルフェンの母

ファルザン

大人気の天才音楽家

本文イラスト／ＬＩＮＯ

第1章　呪われた仮面公爵に嫁ぐ

別邸に隔離されて十年。十八歳になったリフィアはこの日、初めて父であるセルジオス・エヴァン伯爵の執務室に呼び出されていた。

執務室にはセルジオスの他に、優雅にティーカップを傾ける母アマリアと二歳下の妹セピアの姿がある。夕焼けを溶かしたような赤い髪を持つ父と妹、華やかな桃色の髪を持つ母を前に、リフィアはあまりの場違い感に緊張で表情を強張らせていた。

守護女神ヘスティアの加護を受け、由緒正しき火属性魔法の使い手であるエヴァン伯爵家の中で、リフィアは魔力を持たない証であり、平民の色とも蔑まれる白い髪を持って生まれてきた。母や妹の隣に座ることも憚られたリフィアは、立ったまま用件を切り出した。

「私にお話とは、どのようなご用件でしょうか？」

冷たいセルジオスの青い双眼に睨まれ、固唾を呑んで返事を待つ。

「リフィア、お前にはオルフェン・クロノス公爵のもとへ嫁いでもらう」

そこにリフィアの意思は関係ない。

決定事項を淡々と述べるセルジオスには、有無を言わせぬ厳格さがあった。

（お父様が、初めて私の名前を……!?）

話の内容よりも、生まれて初めてセルジオスに名前を呼ばれたことに、リフィアは驚きを隠せない。嬉しさで思わず、口元が緩む。

「お前とは対照的な黒髪を持つ、王国一の魔術師として有名なお方よ」

そう言ってアマリアは、指に嵌めた大振りのブルーサファイアの指輪をうっとりと眺めている。こちらには一切目を向けないアマリアを見て、リフィアは機嫌の良さそうな母の様子にほっと胸を撫で下ろしつつも、言葉の真意を測りかねていた。

（そんなに高貴なお方が、私をお嫁にもらってくださるなんて……）

魔法国家であるこのヴィスタリア王国では、原色に近い濃い髪色を持つほど高い魔力を持つ。その最高峰が黒髪だ。

「あまり期待をされない方が身のためですわ、お姉様。クロノス公爵は王太子殿下を庇って受けた呪いのせいで、全身が硬鱗化して死ぬ呪いにかかっているそうです。常に仮面で顔を隠しておられ、誰も嫁ぎたがらないんだとか」

釘を刺すように告げられたセピアの言葉が、リフィアには希望のように感じられた。

（オルフェン・クロノス公爵様。常に仮面をつけられたお方。もしかしたら……！）

「そうだったわね。呪われた仮面公爵として、社交界ではとても有名なお方だったわ。無能の役立たずでも、嫁ぎ先があってよかったわね」

そう言って嘲笑を浮かべるアマリアに、リフィアは笑顔で頷くと、手を打って喜んだ。

「私には身に余る光栄です！　素晴らしい機会を与えていただき、ありがとうございます」

「お姉様はどうしていつも、そうやってヘラヘラされているのですか！　多額の支度金のために、売られた結婚なのですよ！」

ティーカップを強く握りしめ、わなわなと手を震えさせるセピアに、リフィアは優しく微笑みかける。

「心配してくれてありがとう、セピア。最後に家族の役に立てるのだもの。それだけで私は嬉しいわ」

魔力を持たないゆえに、貴族としての責務を何も果たせなかった。妹に余計な負担をかけてきた。せめて今までの恩義に報いたいと、リフィアは前向きに受け入れていた。

「だ、誰も心配なんて……！」

セピアは目を泳がせた後、フンと鼻をならしてそっぽを向く。妹のそんな姿を名残惜しく見つめていると、セルジオスがたしなめるように咳払いをした。

「明日には迎えが来る。支度金をいただいているから、出戻りは決して許されない。荷物をまとめて備えておくように」

「かしこまりました。それでは、準備のためにお先に失礼します」

一礼して踵を返すと、後ろからアマリアの猫なで声が聞こえた。

「セルジオス様、臨時収入もあったことですし、ドレスを新調してもいいですか？」

「先日その指輪を買ったばかりだろう」

「この素敵な指輪に合うドレスが欲しいんです」

「はぁ……仕方ないな。好きなものを買うといい。セピア、お前もドレスを新調するといい。素敵な婿を掴まえるためにな」

「……ありがとうございます、お父様」

たとえ支度金のために売られた結婚であろうとも、今まで何の役にも立てなかった自分が家族の役に立てるのは、最初で最後のことだろう。リフィアはただ前を向いて、執務室を後にした。

別邸の自室に戻ったリフィアは早速荷造りを始める。鞄に詰めるのは最低限の着替えと、よく一人で遊んだ古いボードゲーム。そしてクローゼットから取り出した、男性用の上質なコート。綺麗に折り畳みながら、凍える冬の日に優しく自身の肩にかけてくれた男性のことを思い出す。

リフィアが十五歳を迎えた年の冬、エヴァン伯爵家でささやかな舞踏会が開催された。

ヴィスタリア王国では十五歳を迎えると、成人を祝して舞踏会を開催する習わしがあり、貴族の令嬢や令息は、そこで初めての夜会デビューをはたす。

主役でありながら参加を許されなかったリフィアは、どうしても舞踏会を見てみたくてこっそりと別邸を抜け出した。

綺麗に着飾った男女が、楽団の音楽に合わせて優雅に踊る夢のようなひととき。

綺麗なドレスも靴もアクセサリーもない自分には分不相応な場所だとわかっていても、本で読んだ光景を一度でいいから見てみたかった。

その日は冬の寒さが厳しく、薄い部屋着しか持っていないリフィアにとっては凍えるような寒さだった。かじかむ手に吐息を吹き掛けて温める。身を縮こまらせてリフィアは、庭木の陰からこっそりと会場を覗き見ていた。

（きっと今、中で皆はダンスを踊っているのね！）

静寂に包まれた別邸では聞けない美しい音色にそっと耳を傾ける。

音楽に合わせて楽しそうに揺れる人影を見ているだけで、自然と口元が緩んでくる。

『よろしければこちらをお使いください』

声をかけられ振り返ると、仮面をつけた男性が、リフィアの肩に自身の着ていたコートを脱いでかけてくれた。

ふわりと漂う上品で爽やかなベルガモットの香り。

上質な生地のコートは冷たい風を完全に防いでくれて、とても暖かく感じた。

『今日は冷えます。そのコートは差し上げますので、早目に室内へお戻りくださいね』

顔の上半分を仮面で覆った男性はそう言って、足早に立ち去った。

『あの、ありがとうございます！』

リフィアの声に振り返った男性は口元に微かに笑みを浮かべると、軽く手を振って再び歩き出す。薄暗い庭園で正確な色はわからなかったが、夜空を溶かしたように真っ黒に見えた男性の髪から、かなり身分の高い方だというのだけはわかった。

隔離された孤独な生活の中で寂しい時、そのコートに袖を通すと不思議と心が温かくなった。リフィアにとってそのコートは、孤独に抗う心の大きな支えのような存在だった。

（クロノス公爵様があの時の男性なのだとしたら、きちんとお礼がしたい！）

翌日。空気が澄みきって晴れ渡る秋空の下、迎えの馬車に乗り込んで、リフィアは希望に胸を膨らませながらクロノス公爵邸へ向かった。

車窓には冬支度をし始める紅葉した木々の姿が映り、美しい外の景色を楽しむ。

揺れの少ない乗り心地のよい馬車はやがて、リフィアに睡魔をもたらした。

うとうとしながら思い出すのは、エヴァン伯爵邸で過ごした昔の記憶だった。

ヴィスタリア王国で魔法が重宝されるのには、大きな理由がある。

かつて氷の大地と呼ばれていたこの地に、聖なる力を持つ大聖女が祈りとともにその力を捧げた。すると世界樹が蘇り、この地は緑豊かな大地へと復活を遂げたという。

世界樹には生き物が住みやすい環境を整える機能と、悪魔や魔物など凶悪な外敵の侵入を拒む防衛機能があった。

だが人々の平穏な生活を長く守ってくれた世界樹が今、寿命を迎えようとしている。

それを魔力で何とか延命させているのが、ヴィスタリア王国の現状だった。

魔力を持つのは王族と貴族だけ。多くの平民は魔力を持たないし、仮にあったとしても貴族とは比べ物にならないほどわずかなもの。

だからヴィスタリア王国の貴族には、とある義務が課されている。それは爵位に応じて毎年、規定量の魔力結晶を奉納すること。魔力結晶は魔力を蓄積できる魔導具で、貴族は普段から魔力結晶を嵌め込んだ装身具を身につけて魔力を溜めている。

そんな魔法国家であるヴィスタリア王国で、リフィアは白い髪を持って生まれたことで、両親からは蔑視されて育ってきた。話しかけても無視されるのが当たり前で、まるで存在を消されてしまったかのように、空気として扱われることが多かった。次第に侍女たちからの扱いもぞんざいなものとなり、それを両親が咎めることもなかった。

逆鱗に触れないよう、息を殺して生きていた。そんな中で唯一幼いセピアだけが「どうしてお姉様にそんなことをするの？」と、侍女たちに声をかけてくれた。父譲りの立派な赤い髪を揺らして駆け寄り、母譲りの美しい赤い双眼で心配そうにこちらを見つめ、「お姉様、大丈夫？」と手を差し伸べてくれる可愛い妹。

余計な心配をかけたくなくて、リフィアは決まってこう言った。

「私がいけないの。だから大丈夫よ」

うまく笑えているだろうか。必死に笑顔を作って誤魔化した。姉としての小さなプライドだったのか、こんなにみっともない姿を幼い妹に見せたくなかった。

真意を探るようにじっとこちらを見つめるセピアの真っ直ぐな瞳を直視できなくて、「心配してくれてありがとう」とお礼を述べて足早にその場を去った。

(情けないお姉ちゃんで、ごめんね……)

魔力で貢献できないならせめて自分にできることをしようと、暇な時間は本を読んでひたすら勉学に励んだ。

ある時書物庫で本を探していると、セピアの姿があった。ぼーっと本棚の前に立つセピアは顔色が悪く、声をかけようとしたら目の前で苦しそうにうずくまった。

「セピア、大丈夫!?」

心配になって伸ばした手は控えていた侍女に強くはたかれて、行き場を失う。

「無能の貴女の分まで、セピア様は強い装身具を身につけて魔力を溜めておいでなのです。魔力なしの貴女が触れないでいただきたい」

「あぁ、セピア様。こんなに小さなお体でご無理をされてお可哀想に……」

ジンジンと痛む手をもう片方の手でそっと擦りながら、侍女たちに運ばれていくセピアの苦しそうな姿をただ見ていることしかできなかった。

自身につけられた腕輪の装身具を見ても、嵌め込まれた魔力結晶は無色透明のまま何の変化も見られない。

不甲斐ない自分のせいで、幼い妹にまで負担をかけて生きていることにリフィアは悔しさを滲ませていた。

(私に、少しでも魔力があれば……)

そんな希望は叶うはずもなく、八歳の時に行われた魔力測定で無能の烙印を押された。

魔力が全くないことが証明されたその日から、別邸に隔離されるようになった。

「今日からお前には、西の離れで生活してもらう」

リフィアは亡き曾祖父が物置として利用していた古い別邸に隔離され、一日二回の食事と最低限の衣類を与えられて放置された。

見張りの騎士が外に一人立っているだけで、邸宅内には誰もいない。

室内は骨董品にあふれ埃だらけ。歩く度にギシギシと床が鳴る。

普通の貴族令嬢なら心細くて泣き出すだろう。

しかしリフィアは肩の荷が下りたように、穏やかな顔をしていた。

(これでセピアに、これ以上みっともない姿を見せずにすむわね)

一通り邸宅内を見て回ったリフィアはまず、活動の拠点となる自室を決め掃除をした。

長い間放置されていたせいか少しかび臭く感じるものの、元々曾祖父が休憩室として使っていた部屋だったのか、そこには一通り生活に必要な家具が揃っていた。

掃除をして活動できる部屋を広げていくうちに、曾祖父が保管していた多くの書物や珍しいボードゲームを見つけ、暇潰しにも事欠かなくなった。

さらに乱雑に散らかった骨董品を整理している時に、幸いにも裁縫道具を見つけた。

(これがあれば、古くなった服を加工できるわ!)

まずはサイズアウトして着られなくなった衣服を、破けた部分の補修や掃除用の雑巾、古い枕のカバーなどに再利用した。

裁縫の腕が上達したら余った端切れをつなぎ合わせ、小物入れのポーチや防寒用の手袋など、快適に暮らすのに必要なものを作るようになった。

悠々自適に見えた生活だが、それは長くは続かなかった。昼食にしようとエントランス前にいつも置かれる食事を取りに行く。しかしそこには何も置かれていなかった。

(今日もない。このまま私の存在が皆に忘れられてしまったら、何も届かなくなるのかな)

日に二回あった食事は夜一回になることが増え、リフィアは孤独の中で震えていた。

別邸に隔離された五年後、侍女と共にセピアが訪れるようになった。

「お姉様、お食事を持ってきてあげたわ」

十一歳になったセピアは身長も伸びて、見違えるほど綺麗に成長していた。よく手入れされた赤い髪は綺麗に結い上げられ、可愛いフリルドレスに身を包んだセピアは、本に出てくるお姫様のようだ。

「ありがとうセピア。元気そうでよかった！　会えて嬉しいわ！」

こちらを一瞥して、セピアは口元に笑みを浮かべる。

「お姉様は、相変わらずですね。今日は特別なお食事を用意してもらったんです。残さず食べてくださいね」

昼食をわざわざ届けに来てくれるなんてと、思わず涙ぐみそうになる。その上セピア付きの侍女がテーブルまで食事を運び、丁寧にフードカバーまで取ってくれた。

「嬉しいわ、ありがとう」

トレイに載っていたのは、時間が経って石のように硬くなったパンに、しなびた野菜のサラダ、パサパサした魚のムニエルに、生臭い真っ赤なスープ。

鼻につく臭いに、リフィアは反射的に口元を押さえ眉をひそめる。

「どうかなさいました？」

「い、いえ、用意してくれてありがとう」

（この五年の間に、何かつらいことがあったのかしら……）

記憶の中のセピアとは似ても似つかない行動に、思わず心配になった。これを食べることで少しでも彼女の気持ちが晴れるならと、リフィアは両手を組んで祈りを捧げる。

「天におられる我らが守護女神、ヘスティア様に感謝の祈りを。貴重なお恵みをありがとうございます」

目の前では食事を運んで来た侍女が、「魔力もないのにお祈りなんて……」と堪えるように肩を震わせ笑っている。

「無駄なことをしてないで、さっさと召し上がってください」

にっこりと笑みを浮かべこちらを見つめるセピアの瞳の奥は、驚くほどに冷たかった。

全て食べ終わったのを確認して、「明日も用意してあげますね」と言い残し、セピアは別邸を後にした。

翌日も、その翌日も、セピアは昼になると特別な食事を用意して持ってきてくれた。それが一週間も続いた後、嘔吐と腹痛がして体調の悪かったリフィアは、せっかく用意してくれた特別な食事に口をつけることができなかった。

「食事、用意してくれてありがとう。でも体調が優れなくて喉を通らないの。せっかく持ってきてくれたのに、ごめんね」

吐き気を必死に抑えながら話しかけると、セピアはハッとした様子で「仕方ありませんわね！」と侍女に食事を下げるよう指示を出して別邸を去った。

具合が悪かったリフィアは寝台に横たわり、腹痛に苦しみながら眠りについた。


「出された食事も食べずに居眠りとは、いいご身分ね！」

掛け布団を勢いよく奪われ、アマリアの怒声で反射的に身体が竦んで目を覚ます。

「お母様……!?」

鬼の形相でこちらを睨むアマリアを前に、慌てて寝台から飛び起きる。

「申し訳ありません。朝から体調が優れず……」

「食事をもらえるだけ、ありがたく思いなさい！」

右手を大きく振り上げたアマリアを前に、咄嗟に目を閉じて衝撃に備えた。

頬に鋭い痛みが走り、口の中には血の味が広がる。

どうやらそれだけでは、アマリアの怒りは収まらなかったらしい。

強く腹を蹴られ、反動でリフィアの身体は壁に打ち付けられる。

腹部に走る激しい痛みに、思わず両手で守るように腹を押さえた。

「このエヴァン伯爵家の面汚しが！　ありもしない不貞を疑われ、お前を産んだせいで私がどれだけ責められたことか！」

暴言を吐かれながら、倒れた身体を容赦なく足蹴りされ続ける。

(私の存在が、お母様をずっと苦しめていたのね……)

そこで初めてリフィアは、自分を生んだことでアマリア自身も周囲から苦しめられていたのだと気付かされた。それなのに我が儘を言って、せっかく出された食事に手を付けず罰当たりなことをしてしまった。

(この痛みは、お母様の心の痛み……私が生まれたせいで、迷惑をかけてごめんなさい)

これまで蔑視され続けたリフィアにとって、皮肉にもこれが初めて母から真っ直ぐに向けられた感情であった。

そこにあるのは燃え上がる炎のような抑えようのない怒りと憎しみ。この激情を必死に抑えて今まで養ってくれていたのだと、十三年間生きて初めて母のことを知れた気がした。

(お母様の瞳に、私の姿が映ってる……)

痛くて苦しくて仕方ないのに、アマリアの瞳に自分の存在を認識してもらえたことが嬉しかった。好きの反対は無関心。本で読んで知った言葉の意味を思い出しながら、リフィアは微かに口を開いた。

「今まで、ありがとう……ござい、まし……た」

声に出せていたのかわからない。けれど最後にどうしても、伝えておきたかった。

このまま意識を手放したら、母は喜んでくれるのだろうか。

そして二度と目を覚まさなければ、少しは母の気は晴れるのだろうか。

遠退いていく意識に少なからず死を感じながら、リフィアはゆっくりと目を閉じる。

「お母様、おやめください！　どうか気をお静めになってください……っ！」

意識を失う直前、セピアの声が聞こえた気がした。


翌日、奇跡的にリフィアは目を覚ました。

見慣れた天井をぼーっと眺めながら、ここが別邸の自室であることに気付く。

（私、生きてる……？）

腹部の痛みに備え、手で押さえながらゆっくりと上体を起こしても、アマリアに受けた傷の痛みはなく、これまで続いていた身体の不調も治っていた。

腕や足、腹部には包帯が巻かれており、手を動かすと結び目が緩んで解けた。たどたどしく巻かれた包帯を見て、これを巻いてくれた人物がすぐにわかった。

（やはりセピアは変わっていない。あの頃のまま、優しい子だわ）

最後に聞いた声はやはり幻ではなかったと実感し、解けた包帯を結びなおしていると、勢いよくガチャリと扉の開く音がした。姿を現したセピアはこちらを見てほっとしたように胸に手を当て、ため息を漏らしている。

「昨日治療してくれたの、セピアでしょう？　ありがとう！」

「な、何を仰っているのかわかりかねます！　それよりも、お食事を持ってきました」

笑顔でお礼を言うと、セピアは目を泳がせた後、恥ずかしそうに顔ごと視線を背けた。

「ほら、はやく置きなさい」と、セピアは侍女に食事のトレイをテーブルに置くよう促し、フードカバーを取らせる。

「粉々にしてさしあげましてよ！　苦戦しながら食べるとよいですわ！」

置かれていたのは、どう見ても消化に良さそうなパン粥だった。

栄養も取れるように、野菜や肉も細かく刻まれ混ぜこまれている。

「心配して食べやすいものを用意してくれたのね、ありがとう」

「か、勘違いも甚だしいですわ！　そ、それでは、用事があるので失礼します！」

フンと鼻をならしてセピアはいなくなってしまった。その後を慌てて侍女が追いかける。

本邸から運んでくる間に冷めてしまったパン粥だが、昨日から何も口にしていなかったリフィアには何よりもご馳走に見えた。その証拠に、腹部からきゅーと音が鳴る。

「天におられる我らが守護女神、ヘスティア様に感謝の祈りを。貴重なお恵みをありがとうございます」

（ありがとう、セピア）

両手を組み、祈りを捧げながらリフィアは心の中でセピアにも深い感謝を込めた。

すると突然目の前のパン粥から、ホカホカと温かな湯気がのぼり始める。

スープを吸ってふやけたパン粥が、まるで作りたてのように美味しそうに変化した。

（きっとセピアが、火魔法で仕掛けを施してくれているのね）

魔法の力に感心しつつ、それからより一層セピアに感謝するようになった。

あの日以降、運ばれてくる食事も以前より豪華になって美味しくなった。それに運んでくる間に冷めた食事も、祈りを捧げるとできたてのように温かいものへと変化する。

お礼を言うとセピアはそっぽを向いてしまうけれど、それはセピアの照れ隠しなのだとわかっていた。用事がある日以外は別邸にそうして顔を出してくれるのが、嬉しかった。

約二週間かけて、王都の北東にあるエヴァン伯爵邸から東方にあるクロノス公爵領の立派なお屋敷に着いた。

途中で大雨に見舞われて足止めを食らったり、その間宿を取って休んでいる村に魔物が襲来したりと、なかなか大変な旅路だった。

（領地の外があんなに危険だったなんて、知らなかった）

比較的多くの人が住む栄えた都会の領地では、魔物や悪魔の侵入を拒む結界がしっかりと施されている。しかし移動途中にある小さな農村にはそのようなものがない。世界樹の防衛機能だけが頼りのようで、常に危険と隣り合わせの生活をしていると知った。

たまたま宿に休暇中の魔法騎士が泊まっていたからよかったものの、そうじゃなければ命を落としていたかもしれない。別邸に隔離されていたとはいえ、魔物や悪魔の襲来に怯えたことなど一度もない。自分はあの屋敷で守られていたのだと、リフィアは改めて実感していた。

(誠心誠意、クロノス公爵様のお役に立てるように、尽力しよう)

大きな黒鉄の門扉を抜けた先にある三階建ての美しい洋館を眺めながら、リフィアは改めて気合を入れなおす。

御者が馬車を停め、扉を開けてくれた。

「足元にお気をつけください」

転ばないよう手を貸してくれて、慣れないエスコートを受けながら馬車を降りる。

「ようこそお越しくださいました」

燕尾服を身に纏い、暗緑色の髪を後ろで一つに結んだ眼鏡の男性を筆頭に、使用人たちが出迎えてくれた。誰一人、自分のように白い髪を持つ者はいない。

(やはり皆、魔力を持っているのね。家格の高い公爵家だもの、当然よね……)

「クロノス公爵邸で執事長を任されておりますジョセフ・ヴェガと申します」

流れるような所作で胸に手を当てたジョセフが腰を曲げると、控えていた使用人たちも挨拶をしてくれた。

「初めまして。リフィア・エヴァンと申します。今日から、よろしくお願いいたします」

緊張から思わず声が震える。リフィアは身構えながら恐る恐る挨拶をした。

「リフィア様、長旅でお疲れでしょう。リフィアは身構えながら恐る恐る挨拶をした。」


案内いたします。お荷物は先に部屋へお運びしますので、お任せください」

どんな罵声を浴びせられるのか構えていたリフィアにかけられたのは、心配を含んだ優しいジョセフの声だった。自分がこのように丁重な扱いを受けてもよいのだろうかと戸惑いながら、「ありがとうございます」とリフィアはお礼の言葉を口にした。

さすがは格式高い公爵家。使用人の教育にも余念がないようで、ジョセフが目配せすると、控えていた使用人たちがてきぱきと馬車から荷物を運び始める。

美しい薔薇が咲き誇る庭園を眺めながら、ジョセフに案内されて屋敷の中へ入った。

(とても大きなお屋敷ね。エヴァン伯爵邸の二倍はありそうだわ)

豪華なエントランスを抜けて、長い廊下を緊張した足取りで進んでいく。

立派な扉の前で立ち止まったジョセフは、ノックをして中に声をかけた。

「イレーネ様、リフィア様をお連れしました」

入室の許可をもらったジョセフに「どうぞお入りください」と笑顔で促されて応接間に入ると、美しい金髪を結い上げた綺麗な女性が迎えてくれた。

輝く金色の髪は光属性魔法の使い手である証。王族と王家に連なる分家である聖職者の色だと本で読んだ。目の前の高貴な女性を前に、全身に緊張が走る。

「遠路はるばるよく来てくれたわ！　私はイレーネ・クロノス、貴女の夫となるオルフェンの母よ。これからよろしくお願いするわ」

（お義母様⁉　てっきり、公爵様のお姉様かと思ったわ……）

昔習った淑女の礼を思い出しながら、さっとスカートを両手で摘まんで挨拶をする。

「初めまして、イレーネ様。リフィア・エヴァンと申します。こちらこそ、よろしくお願いいたします。あの、申し訳ありません。このような格好で……」

自分の持つ洋服の中でも比較的マシなものを選んで着てきたものの、破れたら何度も繕ったボロ着は貴族らしからぬ装いなのは変わらない。

それに隠しようもないこの魔力のない白髪。セピアは売られた結婚だと心配してくれたけれど、二つも家格が上の公爵家に嫁ぐのは、本来なら分不相応な婚約なのは間違いない。

「気にしなくていいのよ。ジョセフ、リフィアさんをお部屋へ案内してちょうだい。着替えはたくさん用意しているから、遠慮なく使ってね」

リフィアの緊張を解くかのように、イレーネは優しく微笑んでくれた。

先程の使用人といい、悪意や嫌悪のない柔らかな視線を向けられたのは、いつ以来だろう。その優しさが心に染みて、不覚にも泣きそうになるのを何とか堪えてお礼を言った。

「お心遣い感謝いたします」

案内された部屋は、一人で使うにはあまりにも広くて驚くべき豪華さだった。

「リフィア様、こちらは専属侍女のミアです」

「初めまして、リフィア様。ミア・ポルトと申します。どうぞミアとお呼びください。これからよろしくお願いします！」

エプロンドレスに身を包んだミアが、元気に挨拶をしてくれた。お辞儀をすると、肩の長さで切り揃えられたストレートの茶髪がサラサラとこぼれ落ちる。

「リフィア・エヴァンです。よろしくお願いします」

「さぁ、リフィア様！　湯浴みの準備も整っております。長旅でお疲れの身体をほぐしましょう！」

早速バスルームへと案内された。

白いバスタブからは湯気が立ちのぼり、中には温かなお湯が張ってある。

身構えながら中に入ると、馬車の長旅で凝り固まった身体の緊張をほぐすような優しい温度に、思わずほうっと息をつく。

（お湯に浸かるとこんなに気持ちいいのね……）

「お背中をお流ししますね！」

まるで壊れ物を扱うかのように、声をかけながら優しく丁寧にミアが頭や体を洗ってくれる。冷たい水で義務的にガシガシと洗われていたあの頃の湯浴みとは全然違う心地よさに、自分がこのような待遇を受けてもよいものかと胸の奥が苦しくなった。

「ま、前は自分でできるから大丈夫ですよ」

母に足蹴にされた時の痣が腹部には残っており、それを見られたくなかった。

ミアは「かしこまりました」と無理強いすることもなく、「じゃあその間に髪のケアをしますね！」となんの躊躇もなく白髪に触れ、手際よく香油を塗ってくれた。

さらに乾燥しないようにと、湯上がりには念入りに肌のケアもされて、用意されていた美しい上品なドレスに袖を通すよう促される。

「こんなに素敵なドレスを、私が着てもいいのですか？」

「もちろんですよ。リフィア様のために用意されたものですから！」と、ミアがドレスを着せてくれた。

白地に小花柄の刺繍が施されたシルクのドレスは肌触りが良く、とても着心地がよい。

ベルスリーブからは三段のレースがのぞき、手を動かす度に優雅にひらひらと揺れる。

ウエスト部分にある金縁で彩られた濃い青のリボンが、全体の可愛らしい印象を引き締め、上品な印象を与えている。

「とてもよくお似合いです！　今度はこちらへお願いします」

化粧台へ移動するよう促されて座ると、ミアが髪を綺麗に梳かして風を放出する魔導具を使って乾かしてくれた。さらに慣れた手つきで綺麗なハーフアップに編み込んだミアは、仕上げに光沢のある青いリボンの髪飾りで結び、顔に化粧まで施してくれた。

「とてもお綺麗です！」

「ありがとうございます、ミア」

鏡に映る自分の姿を見て、リフィアは思わず目を丸くする。

(これが本当に私？　すごい技術だわ……！)

「リフィア様、ご持参になったお荷物の整理をしてもよろしいでしょうか？」

衝撃を受けている間に、ミアはリフィアが持ってきた荷物の前へと移動していた。

「じ、自分でやるから大丈夫ですよ！」

何でこんなぼろきれを持ってきたのだろう？　と不審に思われたくなかったリフィアは、さささっと荷解きを終わらせた。数日分の着替えをクローゼットの奥底にしまった後、大事なコートを手にしてミアに尋ねる。

「ミア、このコートに見覚えはありませんか？」

「これは……昔旦那様がお召しになっていたものと似ていますね」

コートの背中部分のタグを見て、ミアは確信したようだ。

「やはりそうです！　黒盾に金冠とグリフォンの紋章はクロノス公爵家のものなんです」

「実は三年前、舞踏会で薄着をしている私にかけてくださった方がいて、ずっとお礼がしたかったんです。あの方はやはり、クロノス公爵様だったのですね」

「旦那様が、そのようなことを⁉」

なぜか瞳を輝かせながら、期待に満ちた眼差しでミアが尋ねてくる。

「はい。名乗らずにすぐ立ち去ってしまわれたので、もう一度会えたらきちんとお礼がしたいと思っていて」

「旦那様のことはイレーネ様がご説明されますので、よければご案内しましょうか？」

「はい、お願いします」

ミアに案内されて、再びイレーネのもとへ向かった。

応接間の扉をノックし、「リフィア様をお連れしました」とミアが中に声をかける。

「どうぞ、入って」

扉を開け中へ入ると、イレーネがこちらを見て嬉しそうに顔を綻ばせた。

「よく似合っているわ。サイズも問題なさそうでよかった！」

「はい、ありがとうございます」

「さぁさぁ、座ってちょうだい。ミア、お茶を淹れてもらえるかしら？　美味しいスイーツも一緒にお願いね」

「かしこまりました」と一礼して退室したミアが、ほどなくしてティーカートを押して戻ってきた。イレーネと向き合って座る丸テーブルには豪華なケーキスタンドが置かれ、初めて見るスイーツが綺麗に並べられている。目の前に置かれた美しい花柄のティーカップには、芳醇な香りを放つ紅茶が注がれていた。

「遠慮せずに召し上がってちょうだい」と笑顔のイレーネに促され、お礼を言って温かな紅茶に口をつける。少し甘味のある爽やかな味わいは飲みやすく、とても美味しかった。

「リフィアさん。オルフェンのもとに嫁いできてくれて、本当に感謝するわ。呪いのせいで息子には近付きたがらない人が多いから、貴女が来てくれて本当に嬉しいの」

「イレーネ様。もしよろしければ、公爵様のことをお聞かせ願えませんでしょうか？　何か力になれることがあればと思いまして」

もちろんよと笑顔で快諾したイレーネは、それからオルフェンのことを話してくれた。

「息子は生まれた時から魔力が強くて、早くから王太子殿下の世話役になっていたの。魔術師としてもこの国一番と言われるほど優秀だったのよ」

イレーネの話によると、王太子殿下は昔から魔導具の研究をするのが趣味のようで、よくオルフェンを連れまわしては研究に使う素材の採取をされていたらしい。

自由に転移魔法が使える上に、全属性の魔法が扱えるオルフェンは護衛としても優秀で重宝されていたようだ。十二歳の頃には王国魔術師団の団長に任命されるほどで、悪魔や魔物の襲来から人々を守るため尽力してきたと。

（公爵様はとてもすごいお方なのね……）

「でも十五歳の時、公爵位を継いで間もない頃に狙われた王太子殿下を庇って、代わりにみ続けているの」

「呪蛇族の悪魔バジリスクの呪いを受けてしまったの。身体が少しずつ硬い鱗に覆われて動けなくなり、それが全身に回っていずれ死に至る呪いなのよ。その場で悪魔は倒したそうだけど、呪詛のようにかけられた呪いは日を増すごとに強くなり、オルフェンの身体を蝕み続けているの」

二年前までは何とか魔力で呪いが広がらないように封じ込めていたらしい。けれど度重なる悪魔や魔物の襲来で魔力を使いすぎ、呪いが一気に広がってしまった。それを契機に団長の職を辞して、クロノス公爵領で療養をしているとイレーネが教えてくれた。

悲しそうに微笑むイレーネの姿を見て、リフィアは胸が痛んだ。

「イレーネ様、公爵様は今どちらに？」

「半年前から部屋に閉じ籠りがちで、自室で休んでいるわ。後で一緒にお見舞いに行ってくれるかしら？」

「もちろんです！　私、公爵様にずっとお礼がしたいと思っていて、とても感謝しているんです。三年前、寒さに震える私に優しく声をかけ、肩にコートをかけてくださったことがあって……」

名乗らずに立ち去ってしまった男性の優しさに感銘を受けたこと、そしてそのコートをずっと心の支えにして勇気をもらっていたことをイレーネに話した。

「そんなことが……息子が外で女性に声をかけるなんて、初めてだわ！」

まぁと大きく目を見開いたイレーネは、手を打って喜んでいる。

「イレーネ様。よかったら私に、公爵様の看病をさせていただけませんか？　おつらい思いをされているのならせめて、そばでお仕えさせてほしいのです」

「ありがとうリフィアさん。そんなことを言ってくれるのは貴女(あなた)が初めてよ。お願いしてもいいかしら？」

「はい、もちろんです！」

イレーネに案内されて、リフィアはオルフェンの部屋へ向かった。

「オルフェン、少しいいかしら？」とイレーネがノックをして話しかけるも、返事がない。

音を立てないよう部屋へ入ると、仮面をつけたまま眠(ねむ)るオルフェンの姿があった。

（手袋(てぶくろ)が落ちてるわ）

寝台(しんだい)のそばに落ちている黒い革(かわ)の手袋を拾っていると、イレーネが突然(とつぜん)悲鳴を上げた。

「呪いがこんなに進行しているなんて……！」

ショックのあまり傾(かたむ)いたイレーネの身体(からだ)を、リフィアは咄嗟(とっさ)に支え声をかける。

「大丈夫ですか？　イレーネ様」

「ごめんなさい、まさか手にまで呪いが広がっているなんて思いもしなかったの」

リフィアの持つ革の手袋に視線を落とし、「きっと手袋をつけて、今まで誤魔化(ごまか)していたのね……」とイレーネが悲しそうに呟(つぶや)いた。

顔面蒼白なイレーネは、立っているのもやっとのようだった。その震える身体を支えながら、「イレーネ様、後はどうか私にお任せください」とリフィアは真っ直ぐに彼女の瞳を見つめ、返事を待った。

「ありがとう、リフィアさん」

看病に必要な道具を運んでくれたジョセフにイレーネをお願いし、リフィアは改めてオルフェンと向き合った。

長く伸びた黒髪の下には、白い布地に金の装飾の施された目元を覆う仮面がある。

顔の右半分から首筋、右手にまで広がっているのを見る限り、おそらく白いシャツで隠れた右腕も呪いの影響を受けているのだろう。

オルフェンは荒い呼吸を繰り返し、汗ばんだ黒い髪が皮膚に張り付いている。

仮面のない前頭部にそっと手を当てると、驚くほど熱かった。

(酷い熱だわ……)

タオルを桶の水に浸し固く絞って、顔や首元の汗を拭う。襟元まできっちり締められたシャツの紐を緩めて風通しをよくしてあげたら、オルフェンの荒い呼吸は少し落ち着いたように見える。

(仮面が邪魔ね。でも寝る時までおつけになっているということは、人に見られたくないということよね)

許可なく触れるのは憚られ、熱を持つ首元に水で濡らしたタオルを載せる。

するとオルフェンの固く閉じていた目がパチッと開いた。

（綺麗な紫色の瞳……）

仮面の奥で、オルフェンの紫水晶のように澄んだ瞳が動揺しているのがわかった。

「は、初めまして、公爵様！　リフィア・エヴァンと申します。あの、お加減はいかがでしょうか？」

「君が、看病してくれていたのか……？」

「はい、そうです！　決して怪しい者ではありませんのでご安心ください！　イレーネ様に案内していただきました」

驚くオルフェンに、自分が不審人物ではないと訴えるのに必死だった。

「母上が……そうか、君が新たな妻なのか？」

新たな妻という言葉に引っ掛かりを覚えながらも、「はい」と頷き頭を下げた。

「至らない点も多々あるとは思いますが、どうぞよろしくお願いいたします」

「災難であったな。手切れ金を払うから、出ていくといい。母上には僕から言っておく」

突然かけられた思いもよらない言葉に戸惑い、リフィアは顔を上げる。彼はこちらから視線を逸らし、淡々とした口調でさらに言葉を続けた。

「どんな事情があったかは知らないが、こんな呪われた化物の子を生むのは君だって本意ではないだろう？」

最初から質問の答えは求めていないと言わんばかりのオルフェンの態度は取り付く島もなく、リフィアはその場で愕然とし固まった。しかし目の前で寝台から無理をして起き上がろうとしたオルフェンが、顔を苦痛に歪めている姿を見て、ハッと我に返る。

「大丈夫ですか!?」と声をかけたリフィアは、慌てて彼に寄り添い支えようと手を伸ばす。けれどそうして伸ばした手は、「僕に触れるな！」とオルフェンに左手で思い切り振り払われ、その拍子にバランスを崩し床に倒れこんでしまった。

「……っ、すまない」

オルフェンは左手を額に当てながら、歯痒そうに唇をきつく噛んでいる。

（私が不躾に驚かせてしまったのが悪いのに……やはり公爵様は、お優しい方だわ）

「あの、どうかおそばに置いていただけませんか？　私は貴方にお礼がしたいんです」

仮面の奥で大きく目を見開き、ゆっくりとこちらに視線を向けたオルフェンは、「僕に、お礼……？」と戸惑った様子で呟いた。

「三年前、エヴァン伯爵家の舞踏会で、寒さに震える私に公爵様はコートをかけてくださいましたよね？」

リフィアの質問に身体を硬直させたオルフェンは、一息ついて答えてくれた。

「……確かに、そんなこともあったかもしれない」

「かけてもらったコートがとても暖かくて、誰かにそうして気にかけてもらえたのは、初めてだったんです。だからとても嬉しくて！　もしまたその方にお会いすることができたら、お礼をしたいとずっと思っていました。公爵様の具合がよくなるまででも構いません。どうか私をおそばに置いていただけないでしょうか？」

緊張しながら返事を待つと、ばつが悪そうにオルフェンは視線を逸らした。彼の左手は右頬の硬鱗化を隠すように、黒い髪に触れている。

「君は僕が怖くないのか？　呪われていて、気持ち悪いのに……」

「貴方の優しさが、ずっと心の支えでした。見た目なんて関係ありません」

魔力を持たない白い髪を見て、蔑視されるのは日常茶飯事だった。だから余計にその悲しさを、態度を変えられてしまう寂しさを知っている。

（あのつらい日々の中で、私が唯一救われたのは……）

無垢な眼差しをこちらに向けて、手を差し出してくれた幼きセピアの姿を思い出しながら、リフィアはそっとオルフェンの硬い鱗で覆われた右手に自身の手を重ねた。

「ほら、何ともないでしょう？」

優しく手を握って微笑みかけると、「君は…………っ」とくぐもった声を漏らしたオルフェンの仮面の下から、つーっと涙が滴り落ちる。

「ごめんなさい、急に触れたりして！　驚かせてしまって申し訳ありません！」

自分のはしたない行為でオルフェンを泣かせてしまったと、リフィアは慌てていた。寝台脇のテーブルから新しいタオルを掴む。すかさずそれで彼の涙を拭おうとすると、タオルを奪われてしまった。

「だ、大丈夫だ！　自分でできるから！」

タオルで顔を覆ったオルフェンの耳は真っ赤に染まっていた。

（泣く姿を見られるのは、抵抗があるわよね。部屋を一時的に退出する口実を……）

「公爵様、お腹空いていませんか？」

病気を治すにはしっかり食べないといけないという本で読んだ知識を思い出し、リフィアは問いかけた。

「あまり食欲はない」

「よかったら少しでも召し上がってください。何か作ってもらうよう頼んできます！」

「ま、待って……」

少し強引すぎただろうか？　部屋を出ていこうとするとオルフェンに呼び止められ、驚きでびくんと大きく肩が跳ねる。

「そばに、いてくれるんじゃ……なかったのか？」

振り返ると、まるで今生の別れと錯覚してしまいそうになるほど、仮面の奥でオルフェンの紫色の瞳が不安そうに揺れていた。すがりつくような彼の視線が、ここにいてほしい

と言っているように見えて、胸がざわめく。

「ご安心ください、頼んだらすぐに戻ってきます！」

「そ、そうか……」

「はい、少しだけお待ちくださいね！」

ゆっくりとドアを閉めた後、落ち着かない胸に手を当て、呼吸を整えた。

（体調が悪い時は、心細くなるせいよね！　きっと、そう……）

辺りを見渡し使用人を探すも、広い公爵邸は閑散としていて人の気配がまるでない。

「あの、どなたかいらっしゃいませんか？」

呼び掛けながら廊下を歩いていると、運良く部屋から出てくるジョセフの姿を見つけた。

「ジョセフさん！　公爵様がお目覚めになったので、何か消化のいい食べ物をお願いしたいのですが……」

「旦那様がお目覚めに！　わかりました、すぐに手配いたします！　それとリフィア様、私に敬称は必要ありません。どうかジョセフと呼び捨てください」

使用人に敬称をつけて呼ばない。それは小さい頃に習ったマナーではある。

しかし別邸に隔離され人との接触を極端に絶たれていたリフィアは、自分より一回り以上は年上の男性を呼び捨てにするのに抵抗があった。

そのため敬称をつけて呼んでいたが、頼まれてしまってはそうせざるを得ない。

「わかりました、ジョセフ。あの、イレーネ様は大丈夫でしょうか？」

「はい、今は眠っておられますのでご安心ください」

その時、リフィアの腹部からきゅーっと音が鳴る。咄嗟に両手で押さえたものの、こちらを見て柔らかな笑みを浮かべているジョセフを前に、無意味な行動だったと悟る。

「リフィア様の分も一緒にお作りするよう手配しておきます。よかったら、旦那様と一緒に召し上がってください」

（まるで自分のご飯を催促しに行ったみたいになっちゃった。恥ずかしい！）

「あ、ありがとう、ございます！　それでは、公爵様のところへ戻ります！」

部屋に戻りノックをしても反応がないため、ゆっくりとドアを開けて中に入る。オルフェンは再び眠りについたようで、固く瞼は閉じられていた。

静かな寝息を立てるオルフェンの様子を見て、リフィアはほっと胸を撫で下ろす。

（さっきよりは苦しくなさそうね）

桶の水を新しく入れ替えて、オルフェンの首元に固く絞ったタオルを載せる。ぬるくなったら再び水に浸してそれを繰り返していたら、ジョセフが食事を運んできてくれた。

「旦那様、また眠られたのですね」

「はい。せっかく用意していただいたのに申し訳ありません」

「いえいえ、よかったらリフィア様だけでもお召し上がりください」

テーブルに豪華な食事を並べた後、ジョセフは温かい紅茶まで淹れてくれた。

「公爵様がお目覚めになったら、一緒にいただきます！」

「旦那様はいつお目覚めになるかわかりませんし、ご遠慮なさらずに……」

ジョセフはそう言って椅子を引いてくれるも、お礼を言ってリフィアは返事を濁した。

「それでは、何かありましたらお申し付けください」

ジョセフが退室した後、リフィアは食事に手をつけずにオルフェンに寄り添った。

容態を確認しつつ、首元のタオルがぬるくなったら取り替え、汗が滲んできたら拭いとそばで看病をしていた。

（どうか、公爵様の具合が良くなりますように……）


ゆっくりと、髪を撫でられているような感覚がして目を覚ます。

「すまない、起こしてしまったか……」

リフィアのまどろむ眼差しが、申し訳なさそうに放たれた声の主を捉える。

その瞬間、一気に覚醒した。

「はっ！　私、眠ってしまっていたようで、申し訳ありません！」

慌てて声の主であるオルフェンに謝罪する。外からは鳥のさえずりが聞こえ、窓からは明るい光が差している。どうやら朝を迎えているようだ。

「ずっとそばに付いていてくれたんだな」

「はい！　あの、公爵様、お加減はいかがですか？」

「熱は引いたようだ。それにいつもより身体が軽く感じる。君が看病してくれたおかげだ。ありがとう」

「お役に立てて嬉しいです！」

テーブルに並べられた手付かずの料理を見て、「食事もとらずに、看病してくれていたのか？」とオルフェンが申し訳なさそうに尋ねてくる。

「公爵様と一緒にいただこうと思っていたら、私も寝てしまったようです」

「お腹が空いただろう？　すぐに新しい食事を用意させよう」

「いえ！　私はこちらをいただきます」

「冷めて美味しくないだろう。そちらは処分して新しいものを……」

（こんなに豪華な食事を捨てるなんて、もったいないわ！）

セピアのおかげで温かい食事をとることができたけれど、それまでは冷めた食事が当たり前だった。

食事を用意してくれた料理人や丁寧に給仕してくれたジョセフに感謝しながら両手を組み、目を閉じてリフィアは祈りの言葉を口にした。

「天におられる我らが守護女神、ヘスティア様に感謝の祈りを。貴重なお恵みをありがとうございます」

次の瞬間、オルフェンが驚愕の声を上げた。

「こ、これは……君が温めたのか⁉」

目を開けると、冷めて固くなった料理はいつものように温かな湯気を放っており、まるでできたてのように美味しそうな香りが鼻腔をくすぐる。

「え、どういうことでしょう⁉」

「君が祈った後、こうなったように見えた」

「いつもは妹が、温める魔法を施してくれていたんです。こうして祈ったら、冷めた料理も温かくして食べることができて……」

「僕は火魔法も扱えるが、このように料理を新鮮な状態に戻せる魔法なんて使えないよ。表面を熱して温めることはできるが、水分が失われ丸焦げになるだけだ」

「それはつまり……」

「君の祈りが起こした奇跡だと、僕は思う」

（魔法のお礼を言うと、セピアは意味のわからないことを言わないでくださいとそっぽを向いていた。それは照れ隠しではなくて、本当に意味がわからなくて怒っていたの⁉）

困惑していたら、オルフェンが悲しみに満ちた眼差しでこちらを見ていた。

「君はずっとそうして、生きてきたのか？　伯爵家に生まれながら、まともな食事すら出してもらえなかったのか？」

左手を強く握りしめ、憤りを露わにしながらオルフェンが問いかけてくる。

「この髪をご覧いただければわかるとおり、私には魔力がありません。貴族としての務めも果たせませんし、食事を与えてもらっていただけでも感謝しないといけません。家族のために、何も返すことができなかったのですから……」

ここへ来る途中に立ち寄った農村の平民たちは、度重なる魔物襲来の被害で十分な食事がとれていないようだった。子どもたちも朝から親の手伝いをして働いていた。

税収をもらって生活する貴族には、彼等が安全に生活できるよう守る義務がある。世界樹の防衛機能がきちんと働いていれば、彼等はもっと余裕のある生活ができたはずだ。

人々の生活を守る世界樹を延命させるために、魔力結晶を奉納するのも務めの一つであり、リフィアにはそれができなかった。

貴族の務めも果たせずに、平民の子どもたちのように働きもせずに、彼等が普段食べている食事より豪華なものを食べさせてもらって、感謝をしなければ罰が当たってしまう。

「君はあの日、自身の成人を祝う舞踏会にさえ、参加させてもらえなかったのではないか？　寒空の下、あんなところに主役がいたのが何よりの証拠だ」

「仰る、通りです……」

リフィアの成人を祝う体裁を保つためだけに開かれた、エヴァン伯爵家主催の舞踏会。

開催前から、主役の病欠は決定事項だった。

もちろんそこに舞踏会に出たいという本人の意思が反映されることはなかった。

「君が嫁いでくるにあたり、母上は多額の支度金を伯爵家に払っている。今までの恩はそれで十分返せたはずだ。君を虐げてきた者たちに、それ以上の感謝は必要ないと僕は思う」

出戻りは決して許されないと言っていた冷たい目のセルジオスと、臨時収入でドレスを新調しようとしていたアマリアの機嫌のよさそうな声を思い出す。

(家族への恩が返せたというのなら、今度は……)

「私のような者のために多額の支度金をご用意していただき、ありがとうございます。その分しっかりと、これからは公爵様に感謝を捧げてお仕えしたいと思っております」

よろしくお願いしますと、誠心誠意頭を下げると、なぜか頭上からオルフェンの慌てた声が聞こえてくる。

「き、君は僕の妻として、来てくれたのだろう⁉ 仕えるって、なぜそうなるんだい⁉」

「憧れの公爵様の妻になるなど、私には分不相応なことだときちんと把握しております。掃除でも洗濯でも何でもします！ だからどうか……」

そんなことをする必要はないと、オルフェンは静かに首を左右に振った。

「リフィア。君さえよければ妻として、これからも僕のそばにいてほしい」

(私が妻として、公爵様のそばに……？)

人違いではない。オルフェンの紫色の瞳は真っ直ぐにこちらを捉えている。

誰かに必要とされたのは、それが初めてだった。

言葉の意味を理解して、リフィアの頬がみるみる赤く染まる。しかしオルフェンの瞳に映る自身の髪を見て、さっと血の気が引いた。

「魔力を持たない私が妻としてそばにいたら、公爵様を不快にさせたりしませんか？」

恐る恐る尋ねると、仮面の奥で優しく目を細めて、オルフェンが答えてくれた。

「この髪を見たらわかるとは思うのだけど、僕は生まれつき多大な魔力を持っている。だから心配しなくていい。足りないものは、補い合えばいいと思うんだ」

「補い合えるほど、私は公爵様のお役に立てるのでしょうか……」

ここでの生活は至れり尽くせりで、一方的に与えてもらってばかりだ。

その恩に報いるほど今の自分に何ができるのか、考えても答えが出ない。

「好きなことをして、笑って僕のそばにいてくれると嬉しい。君の存在が、僕の心を温めてくれるから。少しだけ、昔話をしてもいいかい？」

「はい、お聞かせください」

「妻として、ここに女性が送られたのは君で三人目なんだ。一人目は、恐怖に震えて泣いていた。二人目は、すごい剣幕で『化物、こっちに来るな』と怒っていた。手切れ金を渡すと、彼女たちはすぐに出ていったよ。だからまさかこんな僕に、寄り添って看病をしてくれる女性がいるなんて思いもしなかった。君に不快な思いをしてほしくなくて、僕は君の手を振り払ってしまったんだ。昨日は本当にすまなかった」

「滅相もございません！　あれは公爵様の優しさだと、きちんとわかっておりますから」

「リフィア、君が僕の手を臆せず握ってくれて、あの時本当はとても嬉しかった。こんな身だから僕はいつまで生きられるかもわからない。君の幸せを願うなら、本当は縛り付けるべきじゃないのもわかっている……けれど残りの人生を、できることなら僕は君と共に歩んでいきたい」

仮面の奥から注がれる熱の籠った真っ直ぐな眼差しに、胸が大きく高鳴る。

人に好意を寄せられるのが初めてのリフィアにとって、それはとても甘美で蕩けるようなふわふわした気持ちだった。

（これが、幸せっていうのかしら……）

差し出されたオルフェンの震える手を、リフィアは両手で優しく包み込んだ。

「とても嬉しいです！　ありがとうございます、公爵様」

硬鱗化したオルフェンの右手はザラザラしていてとても硬い。それでも自分を必要としてくれるその手が、リフィアにはとても愛おしく感じられた。

「オルフェンだ。その、名前で呼んでくれないだろうか？」

「はい、オルフェン様。貴方に出会えて、私は今とても幸せです。この幸せを少しでも長く貴方と共有したい。だから少しだけ、このまま祈らせてください」

「僕のために、ありがとう」

リフィアは心を込めて祈った。この出会いに感謝し、共に歩んでいきたいと強く願った。

「オルフェン様との出会いに、心から感謝いたします」

その時——繋がれた手に温かな光が宿り、奇跡が起きた。

リフィアが異変を感じてオルフェンの手を放すと、手首から先が元に戻っていた。

「手が、自由に動く！」

オルフェンは自身の曲がらなくなっていた指を握ったり開いたりして、その奇跡に感嘆の声を上げた。

「すごいよ、リフィア！　君はもしかすると、神聖力を持っているのかもしれない」

「神聖力、ですか？」

馴染みのない言葉にリフィアは首を傾げる。

「かつて聖女だけが持っていた奇跡の力だよ。枯れた大地を緑に変えたり、酷い怪我や病気を治したりできたと言われているんだ。魔力を持つ者は、神聖力を扱えない。君にはもしかすると、聖女としての素質があるのかもしれない」

「酷い怪我をしても、一晩休めば綺麗に治っていました。妹が治療してくれたおかげだと思っていたのですが、神聖力も影響していたのでしょうか？」

「酷い怪我って、まさか虐待までされていたの!?」

心配そうに尋ねてくるオルフェンを見て、疑問をそのまま口にしてしまったことを後悔し、慌てて理由を述べた。

「い、いいえ、私がお母様を怒らせてしまったせいです！　魔力のない子を産んだことで、お母様は周囲から責められていたようで……それが爆発してしまった時に、少しだけ……」

「つらいことを思い出させてしまって、すまない」

しゅんと項垂れてしまったオルフェンに慌てて否定する。

「私、嬉しいんです！　手を戻せたということは、いつかは呪いを完全に解くことができるかもしれません。そうすれば少しでも長く、オルフェン様のおそばにいられますから」

今まで不遇だった人生があったからこそ気付けた力だと思うと、これまでのつらい人生も報われた気がした。

（大切な人の役に立てるかもしれない、これほど嬉しいことはないわ！）

「リフィア……どうして君はそんなに可愛いんだ」

こちらに伸びてきたオルフェンの左手が、愛でるように頭を撫でてくれた。

「頭を撫でられるのって、意外とくすぐったいのですね」

「す、すまない！」

慌てて手を引っ込めようとしたオルフェンに、「どうかやめないでください」とリフィアは訴えた。

「この白い髪にそうして笑顔で触れてくださるのは、オルフェン様だけです。『頑張ったね』って頭を撫でてもらえる妹が、子どもの頃はとても羨ましかったんです。だから魔法以外のお勉強を必死に頑張ったんですが、見向きもされませんでした。この年になって、諦めていた夢が叶うなんて思いもしませんでした」

昔のことを思い出していると、オルフェンが慰めるように優しく頭を撫でてくれた。最初は恥ずかしくてくすぐったいと感じたものの、それが次第に心地のよいものへと変わっていく。

「僕でよければ、これからいくらでも撫でるよ。だからリフィア、これからは遠慮なく君のやりたいことや、僕にしてほしいことを教えてね。これは約束だよ」

「はい、オルフェン様。ありがとうございます」

誰かに心配されることがこんなに嬉しいことだったんだと、リフィアは初めて知った。

呪われた仮面公爵との新婚生活は、こうして幸せいっぱいに包まれて始まった。

……… 第2章

幸せな新婚生活

リフィアが嫁いで来て数日、クロノス公爵邸の雰囲気に大きな変化が訪れる。

閑散として静寂に包まれていた屋敷は、明るい声で賑やかになっていった。

どんな名医を呼び寄せても治療法が見つからず、大神殿で最高指導者の教皇に祈りを捧げてもらっても解けなかった呪いが、部分的ではあるが解けた。

その事実が、イレーネと使用人たちの希望となった。

「さぁ、二人とも！　これにサインを！」

夕方、オルフェンの部屋で談笑をしていたらイレーネが訪ねてきた。

帰宅後直行でこちらへ来たのか、イレーネは帽子やコートを身につけたままだった。

「おかえりなさい、イレーネ様」

「母上、急にどうされたのですか」

「婚姻届よ。まずはリフィアさんから、ここに名前を書いてちょうだい」

受け取った黒い書類ホルダーをめくると、そこには婚姻届が挟まれている。添えられた誓約用の魔法ペンを手に取り、リフィアは指示された場所に名前を書いた。

「これでよろしいでしょうか？」

「ええ、ありがとう。次はオルフェンよ。ここに……」

婚姻届を渡そうとしたイレーネは、ハッとした様子で眉をひそめている。

「貸してください」

イレーネの言わんとすることを表情から察したのか、オルフェンは左手で書類ホルダーを受け取り右手で魔法ペンを握った。しかし硬鱗化した腕が思うように動かせないようで、苦痛に顔を歪めている。

「オルフェン、代わりに私が……」

「これはリフィアとの誓いなんです。自分で書きます」

イレーネの提案を拒むも、震えるオルフェンの右手はなかなか文字を書けない。

（オルフェン様……私のために……）

リフィアは寝台に乗り上げると、オルフェンの右手にそっと自身の手を重ねた。

「私が補助します。オルフェン様、一緒に書きましょう！」

「リフィア……ありがとう」

なるべくオルフェンの負担にならないよう一文字ずつゆっくりと、文字を刻んでいく。

書き上がった婚姻届を渡すと、イレーネの目の端にはうっすらと涙が滲んでいた。

「ありがとう、リフィアさん。貴女が嫁いで来てくれて本当によかったわ」

「こちらこそ、温かく迎え入れていただいて感謝しております」

「善は急げってことで、今からイシス大神殿に提出してくるわ。オルフェンの体調が落ち着いたら、結婚式も挙げないとね！」

舞い上がるイレーネを見て、オルフェンが心配そうに尋ねた。

「母上、リフィアの力のこと、神殿に申告するのですか？」

「いいえ、それはまだしないわ。最近神殿はまがいもの聖女問題に頭を悩ませているのよ。鑑定も順番だから、今から申し込んでも半年以上かかるでしょうし」

「まがいもの聖女問題？」と首を傾げるリフィアに、イレーネが説明してくれた。

現在貴族たちの魔力でなんとか延命してはいるが、世界樹を根本的に回復させるためには聖女の持つ神聖力が必要だった。神殿は聖女を探し続けているがこの三百年、本物の聖女は一人も見つかっていない。

本来なら神殿に奇跡の力を申告して、神聖力があるかどうかを鑑定してもらわねばならない。しかし聖職者の家系であったイレーネは、現在の神殿事情をよく把握しており、まだ必要ないと判断した。

聖女の力を持つかどうか鑑定できるのは、光属性を持つ王族と分家の聖職者のみ。その中でも守護女神の魔法を扱えるエリートだけであるため、その鑑定作業が追いついていないのが現状らしい。

聖女かもしれない者を、神殿も無下には扱えない。鑑定が終わるまでは衣食住が保障されて丁重に扱われるため、生活に苦しい平民の女性たちがそうして神殿に押し寄せているのだそうだ。

「それに何より、新婚の貴方たちを引き離すなんて悪魔みたいなことしたくないわ！」

「私もオルフェン様のそばにいたいです。それに呪いだってまだきちんと解けていませんし、力を自由に使いこなせるわけでもありません。まがいもの聖女認定されてご迷惑をおかけするわけには……」

「大丈夫よ、リフィアさん。貴女は正式なクロノス公爵夫人、私たちの家族になるの。何かあれば私たちが必ず守るから、安心してちょうだい。そうよね？　オルフェン」

「ええ、もちろんです。リフィアは必ず僕が守ります」

「嬉しいです、ありがとうございます」

（イレーネ様とオルフェン様が、新しい私の家族……）

二人のそばにいると、心の底からじんわりと温かいものがあふれてくる。

大切な家族のために自分ができることを頑張ろうと、リフィアは心を新たにした。

それから毎日、オルフェンの手を取って、リフィアは祈りを捧げるようになった。しかしあの時のように、硬鱗化した腕の呪いがそう簡単に解けることはない。

「楽になったよ。ありがとう、リフィア」

「それならいいのですが……」

ほんの少し、オルフェンの呪いの痛みを和らげることしかできなかった。

(私の力が弱いせいね。どうしたら神聖力をもっと使えるようになるのかしら……)

寝台に横たわったオルフェンの上体を起こすのを手伝っていると、ノックが鳴る。

「朝食をお持ちしました」と使用人のコルトが訪ねてきた。

リフィアより二、三歳は年下の優しそうな顔立ちをした少年だ。

ジョセフの息子で、執事見習いとして仕えているらしい。

少し緊張した面持ちのコルトは、ワゴンからテーブルに慎重に二人分の食事を並べている。綺麗に配膳が終わると、安心したようにふうと一息ついた。

ささっとオルフェンの前に移動したコルトは「こちらをどうぞ」と杖を差し出す。

「ありがとう」とお礼を言って杖を受け取ったオルフェンは、立ち上がるとテーブルまでゆっくりと歩く。オルフェンが転ばないようコルトは近くで彼を支え、そんな光景をリフィアは毎日固唾を呑んで見守っていた。

痩せてはいても、オルフェンはリフィアより頭一つ分ほど高く身長差がある。

歩いて移動する時だけは、『離れるように』とリフィアはお願いされていた。

それはもし転んで巻き込んだら、怪我をさせる可能性があり危ないからと、オルフェンの優しい配慮だった。

リフィアが来るまで、オルフェンの身辺の世話は、コルトがおもにやっていたそうだ。

オルフェン自身があまり女性を近付けたくなかったのに加えて、コルトが自分からやらせてくれと父ジョセフに懇願したのもあるらしい。

子どもの頃にオルフェンによく遊んでもらった記憶のあるコルトは、彼によく懐いていた。呪いにかかった後も、大きくなったら父の跡を継いでオルフェンに仕えたいと日々、執事見習いとして仕事に励んでいる。

オルフェンが呪いにかかり、使用人の約半分は気味が悪いと辞めてしまった。その結果、必然的に忠義を持って支えたいと思っている者たちだけが、クロノス公爵家に残った。以前イレーネが教えてくれたことを思い出していると、コルトに声をかけられた。

「リフィア様もどうぞお席へ。父にしごかれて俺、紅茶淹れるのだけは得意なんです！」

「ええ。ありがとう、コルト」

（ミアの出してくれる紅茶も美味しいし、クロノス公爵家の使用人のスキルはかなり洗練されているわね）

温かい紅茶を注いでもらい、オルフェンと一緒に朝食をとる。しかしそこでリフィアは、一つの心配事を見つけた。それはオルフェンの食があまりにも細いことだった。

肉料理やスープ、サラダにはほぼ手を付けず、紅茶を飲み、パンを少しかじって終了。

テーブルに並べられた豪華な料理のほとんどは、手をつけられることがなかった。

「オルフェン様、もう召し上がらないのですか？」

「うん……あまり、食欲がないんだ」

こんな食生活を続けていては、オルフェンの身体が持たない。

そう判断したリフィアは、イレーネに相談することにした。

朝食後、オルフェンが休んでいる間にイレーネを探すと、彼女は庭園を散歩しながら花の様子を観察していた。

「……ということなのです。このままでは、オルフェン様の身体が心配で……」

「事情はわかったわ。教えてくれてありがとう、リフィアさん。そうね、主治医と料理長を呼んで皆で作戦会議をしましょう！」

経緯を話すと、イレーネはすぐに手配をし、午後から主治医と料理長を応接間に呼んで、現状を共有してくれた。

「旦那様の食の細さは、俺も心配していたんです。何とか召し上がっていただこうと、味の研究に奮闘したのですが、効果がなくて……」

クロノス公爵家で料理長を務めるアイザックが、そう言って悔しそうに拳を震わせる。

「気を落とすことはないわ、アイザック。貴方の作る食事はとても美味しいもの」

「そうですよ！　あんなに美味しい料理、初めて食べました！」

「ありがとうございます。ですが俺は旦那様にも、もっと召し上がっていただきたい！」

イレーネとリフィアが励ますも、アイザックは自身の力不足に悔しさを滲ませていた。

そんな中、冷静に皆の話を聞いていた主治医のロイドが口を開く。

「オルフェン様の硬鱗化は右腕まで進行しております。自分の意思で少しでも動かすのはかなりの苦痛を伴う行為のようでした。差し支えなければ、今朝の朝食のメニューを教えていただけませんか？」

「今朝のメニューは、三種の焼きたてパン、コールスローサラダ、仔牛のソテー、ポークパイ、コーンのポタージュ、ベリーのマフィン、フルーツ盛り合わせです」

「リフィア様、オルフェン様はカトラリーを使われましたか？」

「いえ。パンを摘まれた後に、紅茶を飲まれただけです」

左手でティーカップを掴んで持ち上げるのも、たどたどしい手つきだったのを思い出す。

（そういえば婚姻届にサインをされていたのは右手だったわね）

「もしかしてオルフェン様は、利き手ではない手が使いにくいから……」

「可能性は大いにあります。子どもの頃からオルフェン様は、とても気品あふれる方でした。呪いが一気に進行して身体が動かしづらくなった後、今さら一から慣れない手で食事をするのが、耐えられなかったのかもしれません」

主治医のロイドが、そう言って目を伏せた。文字を書くのでさえ、かなりつらそうだったのだ。呪いが完全に解けていない右手で、カトラリーを握って持ち上げる動作がスムーズに行えるわけがなかった。

「いくら味を改善しても、そもそも口に入らなければ意味がなかったということか……」

あまりにショックだったのか、アイザックはその場で頭を抱え込んでいる。

「しばらくは、栄養のある食べやすい食事を少量から始め、少しずつ増やしていきましょう。問題は、どうやって召し上がっていただくか……ですね」

具体策が思い付かないのか、ロイドは顎に手を掛け思考を巡らせているようだ。

「それなら私が、オルフェン様の右手の代わりになります！　そうしたら、食べていただけないでしょうか？」

左手を使えるようにすることも大事だが、まずは少しでも食べてもらうことを優先した方がよい。あの食生活を続けていては、体調が悪化するのは誰の目に見ても明らかだった。

「なるほど、確かにリフィア様なら可能かもしれません。いえむしろ、貴女にしかできないと言っても過言ではないでしょう！」

「そうね。オルフェンは昔から何でも自分でしたがる子で、あまり手もかからなかったわ。八歳の頃に父を亡くしてからは特にそうで、人に甘える方法をあまり知らないのよ。リフィアさん、お願いしてもいいかしら？」

（オルフェン様、そんなに早くにお父様を亡くしておられたのね……）

「はい、お任せください！」

アイザックはロイドに、積極的に摂取した方がいい食材を聞いて、それを元にメニュー開発を行った。味見役をリフィアとイレーネが担当し、食べやすさを確認した上で、オルフェンのもとに出されることとなった。

こうして全ての準備が整った。オルフェンのプライドを傷付けずに栄養のあるご飯をきちんと食べてもらう作戦を、リフィアはその日の夕食で実行に移した。


「オルフェン様。はい、あーん」

そばに寄り添い、リフィアは小さくカットした若鶏のソテーをフォークに刺して差し出す。食べやすいように柔らかく煮込んであるそのソテーは、消化にもよい一品だ。

「あ、あの……これは、一体……!?」

困惑した様子で硬直するオルフェンに、リフィアは笑顔で答える。

「オルフェン様の右手になりたいんです！　だから、召し上がっていただけませんか？」

「じ、自分でやるから……」

「オルフェン様、仰ってくださいましたよね？　やりたいことは何でも教えてねって」

「た、確かに言ったね……」とオルフェンは苦笑いを浮かべている。

「私、オルフェン様にもっとたくさん召し上がっていただきたいんです」

オルフェンの口が開くまで、手を添えてフォークを差し出しながらじっと見上げて待つ。そうして見つめ合うこと数秒。ゴクンと生唾を飲み込んだ彼は、恥ずかしそうに耳を赤く染めながら観念したように口を開いた。

「いかがですか？　美味しいですか？」

照れながらぱくっとソテーを口に含み、もぐもぐと頬張るオルフェンが可愛くて、もっとたくさん食べさせたい衝動に駆られる。はやる気持ちを抑えながら期待を込めて尋ねると、彼はぎこちなく笑って答えた。

「う、うん。美味しかったよ」

「それでは、こちらのスープもぜひ！」

多少強引でも、食べてもらえたことが嬉しかったリフィアは止まらない。

「こ、今度は自分で……」

「仲のいいカップルはこうして食べさせてあげるのが普通なのです！　ですからオルフェン様、遠慮しないでください」

「だ、だが……」とたじろぐオルフェンに、リフィアは本で得た『ラブラブカップル』の知識を信じ、スプーンを差し出し続けた。

（あまり無理強いしては駄目よね……少しずつでも着実に！）

半分は残っちゃったけど焦りは禁物だと、リフィアは自分に言い聞かせる。

それから一週間。リフィアはオルフェンの食事の補助を続け、少しずつ彼が食べてくれる量も増えてきた。最初は眠ってばかりだったオルフェンも、以前より起きていられるようになったことで、楽しく談笑できる時間も増えて嬉しかった。

廊下ですれ違えば笑顔で挨拶をしてくれる使用人たちに、いろいろ気にかけてくれる優しい義母イレーネ。そして――。

「おはよう、リフィア」

朝一番に部屋を訪ねると、名前を呼んで笑顔で挨拶をしてくれる優しい夫オルフェン。

公爵家に嫁いで来て、毎日が幸せだった。

「おはようございます、オルフェン様！」

(朝の挨拶をこうして笑顔で交わせる日が来るなんて、本当に夢みたいだわ)

寝台に横たわるオルフェンに挨拶をして、カーテンを開ける。

陽光を浴びて朝の始まりを実感すると、今日は何をしようかとわくわくして心が弾む。

「よいお天気ですね」

「そうだね。こんな日は外を散歩できたら気持ちいいんだけどね……」

視線を窓の外へ向け、残念そうにオルフェンが呟く。

今まで当たり前のようにできたことが、少しずつできなくなっていく。

そんな恐怖に抗いながら過ごしてきた彼の心情を思うと、胸が張り裂けそうになった。

「私が必ず呪いを解いてみせます。だからオルフェン様、元気になったら一緒に庭園をお散歩しましょうね！」

「うん。ありがとう、リフィア」

優しく微笑みかけて名前を呼んでくれるオルフェンを見て、胸の奥でトクンと小さな疼きを感じた。最近よく感じるその胸の痛みが何なのか、わからない。

いつものように上体を起こすのを手伝った後、オルフェンの右手を両手で包み込んで、今日もリフィアは心を込めて祈りを捧げる。

「一日の始まりをオルフェン様と共に迎えられることを、心から感謝いたします」

孤独だったあの日々からは想像もできないほどの幸せを、リフィアは嚙みしめていた。

思い返せば名前を呼ばれたことは片手の指で数えるほどしかない。セピアは自分のことをお姉様と呼んでいたし、父や母、使用人たちからは「無能の役立たず」と蔑まれ、名前を呼ばれたことはほとんどなかった。

一人の人間として皆に認識してもらえる。

普通に話しかけて接してもらえることに、どれだけ心が救われただろうか。

毎日こうしてオルフェンと過ごせることが、嬉しくて仕方なかった。

「……リフィア？　どうしたの？」

慌てて手を放したリフィアは、オルフェンを見上げながら答える。

「オルフェン様の温もりをそばで感じられるのが嬉しくて、ここに来て毎日が幸せで……こんな私をお屋敷に迎え入れてくださって、本当にありがとうございます」

心からの感謝を伝えると、オルフェンは赤面して口を開いた。

「僕も朝起きて、一番にリフィアに会えて、声が聞けるのが嬉しいよ」

「そう言っていただけてとても嬉しいです！」

「でも、その、負担になってない、かな？　毎日食事の世話まで……」

「負担だなんて、とんでもないです！　オルフェン様のお役に立てるのが、とても嬉しいんです！　だからどうかこれからも、私をそばに置いていただけませんか？」

孤独な生活の中で、優しくかけてくれたコートを心の支えに生きてきた。

こんな自分を温かく迎え入れ、多額の支度金で家族に恩まで返してくれた。

どれだけ懸命に仕えても返しきれないほどの恩を、リフィアは感じていた。

オルフェンの役に立ちたい。その気持ちは強く心にある。

しかし同時に、役に立てなければ捨てられてしまうのではないかという不安もあった。

魔力がないと証明されて別邸に隔離されたように、自分に何の価値もないと知られてしまった瞬間、同じように見捨てられてしまうかもしれない。

そんな胸中にある不安を拭いとるように、オルフェンの温かな手が頭を撫でてくれた。

「無理をしなくていいんだ。ごめんね、不安にさせていたんだね。大丈夫、ありのままのリフィアがそばにいてくれるだけで、僕は嬉しいよ。いつもありがとう」

その言葉に、一瞬胸が詰まったように苦しくなった。

(私は、無理をしていたの……?)

自分自身に問いかける。オルフェンの役に立ちたいのは、せっかく見つけた温かい居場所を失いたくないから、嫌われたくないがために、頑張っていたのだろうかと。

けれどオルフェンの眩しい笑顔を真正面に捉え、ドキドキと高鳴る鼓動にそうじゃないと気付く。

(私がオルフェン様に会いたいから、ここに来るのが楽しみなんだ)

優しく頭を撫でてくれる手が、こちらを見つめる温かな彼の眼差しが、物語っている。

たとえ何の力も持っていなくても、ありのままの自分を認め、求めてくれていると。

その事実がどうしようもなく嬉しくて、胸の奥を掴まれたようにきゅっと苦しくなる。

それはリフィアにとって、オルフェンと一緒の時にだけ感じられる特別な幸せだった。

「やはり毎食補助をするのは大変だと思うし、リフィアにも休む時間が必要だと思うんだ。だから……」

「大変なんてとんでもないです！　これまでずっと独りで過ごしてきたので、オルフェン様と過ごせる時間がたくさん持てて、その、私はとても嬉しいんです。でも私の我が儘がオルフェン様にご負担をかけるのなら、食事の補助はコルトにもお願いを……」

健康面の改善も大事だが、彼の心に負担をかけてまで無理をさせたくはない。

それでも共に過ごせる時間が減るのが悲しくて目を伏せると、オルフェンは慌てて否定してくれた。

「リフィアの負担になってないならいいんだ！　ただ無理をしてほしくなかっただけで、僕が少し恥ずかしかっただけだから……」

そこで初めてリフィアは、オルフェン一人に恥ずかしい思いをずっと強要していたのだと気付いて自身の行いを悔いた。

「オルフェン様、そこまで思い至らず申し訳ありませんでした！　実は私……」

オルフェンの恥ずかしい気持ちを拭えるようにと、リフィアは昔経験した恥ずかしかったエピソードを伝えた。

洋服の破れた箇所を縫って塞いでいたら、間違って裏側まで縫い付けて失敗したこと。

別邸で見つけた古いボードゲームを一人二役で遊んでいたら、見張りの騎士に見られて目を逸らされて恥ずかしかったこと。

「他にもたくさん、恥ずかしいことがありました。少しずつお話しします。だからその、これでおあいこにできないでしょうか？」

顔から火が出る思いを抱えながら、オルフェンの様子を窺うと、彼の目の端にはなぜか涙が滲んでいる。赤く染まった顔を隠すように口元に手をあて、彼がぽつりと言った。

「リフィア、君は本当に……僕なんかにはもったいない、素敵な女性だ」

「そ、それを言うならオルフェン様の方が！」

「いいやリフィアの方が！」

お互い顔を紅潮させてそんなことを言い合っていたら、「朝食の準備をと思ったのですが、お取り込み中でしたか？」と、コルトが気まずそうにワゴンを押してやって来たことで、何とか終止符が打たれた。

その後、オルフェンは素直に食事の補助を受け入れてくれるようになり、しっかりと食事がとれるようになった。身体の不調や落ちていた体力も少しずつ改善し、以前より生活のリズムも整いゆったりと二人で過ごせる時間も増えた。

「リフィア。よかったら君の持ってきたボードゲームで、一緒に遊ばない？」

オルフェンがそんな素敵な提案をしてくれて、もちろん快諾する。

誰かと一緒に遊んだことのないリフィアにとって、それは何よりも楽しい時間で、彼と過ごせる毎日がより一層幸せなものとなった。

あれから半年——硬鱗化した腕は元に戻ってはいないが、進行もしていない状態が続いている。それでも少しずつ行動範囲を広げ、オルフェンの体力は念願だった庭園の散歩を楽しめるくらいには回復していた。

「オルフェン様、一緒にお散歩しましょう！」

手を繋いで仲良く庭園を散歩するオルフェンとリフィアの姿を、使用人たちは微笑ましく見つめ、イレーネは時折ハンカチで涙を拭いながら温かく見守ってくれていた。

「見てください、オルフェン様。珍しい青い薔薇が咲いています！　とても綺麗ですよ」

「リフィアの美しい瞳と同じ色の薔薇を、庭師に頼んで植えてもらったんだ。気に入ってもらえてよかった」

育てるのが難しく、昔は『不可能』という花言葉を持っていた青い薔薇。

その希少価値は非常に高く、オルフェンの夢を叶えるべく庭師たちが頑張ったまさに汗と涙の賜物だった。

「まぁ、そうだったのですね！　ありがとうございます。隣にはオルフェン様の瞳と同じ綺麗な紫色の薔薇も咲いていて、とても素敵です！」

オルフェンは仮面の奥で優しく目を細めると、愛おしそうに頭を撫でてくれた。

「いつまでも君と一緒にいたいっていう気持ちを込めて、隣に植えてもらったんだ。毎年、この時季にはきっと並んで咲くはずだよ。たとえこの身が朽ちてしまっても、リフィアが寂しくないように……」

（オルフェン様がいなくなった後に、独りでこの庭園を……）

そんな光景を想像して、胸が押しつぶされそうなほど苦しくなった。

オルフェンと過ごすのが当たり前のように感じられて、忘れていた。

この幸せが長く続く保証なんてどこにもないことを。

何とか呪いの進行を止めてはいるが、治せてはいない。万一の時を考えて備えてくれていた彼のその優しさが、嬉しいと同時にとても悲しくて仕方なかった。

「オルフェン様……そのお心遣いはとても嬉しいです。でも私はオルフェン様ともっと一緒に過ごしたいです。だからずっと、私のそばにいてください」

愛しい思いがあふれ、オルフェンの右腕にぎゅっとしがみつくように抱きついた。

シャツ越しでもわかる、硬いオルフェンの右腕にそっと頰を寄せる。

「ありがとう、リフィア。君がそばにいてくれて、僕はとても幸せだ」

「私だって、オルフェン様とこうして綺麗な庭園を散歩できるようになって、とても幸せです。だから他の誰でもないオルフェン様と一緒に、これからもっと色んな思い出を作っていきたいです……っ！」

（この身が朽ちてしまってもなんて言わないで……私はオルフェン様を失いたくない！）

これまでオルフェンと共に過ごしてきた思い出が、走馬灯のように駆け巡る。

リフィアの瞳からこぼれた涙が、頰を伝ってオルフェンの右腕に触れる。

その時、とある変化に気付いた。先程まで硬かった腕が、突然柔らかくなったのだ。

「オルフェン様、腕が！　それに頬も！」

オルフェンは左手で自身の右頬に触れて、驚きで目を見張る。視線を硬鱗化していた右腕に移した彼は、左手で触れ袖をまくって確かめた。

鱗のない腕を凝視した後、恐る恐る右肘を曲げたり伸ばしたりして、オルフェンは嬉しさを噛みしめるように感嘆の声を漏らした。

「あぁ……腕が、動く！　右腕が自由に動く……！」

「よかった、本当によかったです！　でもどうして今、呪いが解けたのでしょう？　毎朝お祈りを捧げている時には解けなかったのに……」

この半年間、オルフェンの手を取り、欠かすことなく祈りを捧げてきた。

それでも起こらなかった奇跡がなぜ今起きたのか、理由を考えてもわからなかった。

「呪いが解ける前に、リフィアは何か普段と違うことを考えたりした？」

青い薔薇と紫の薔薇が寄り添うように咲く庭園に視線を移して、リフィアは答える。

「独りで見るこの景色を想像して、オルフェン様を失いたくないって強く思ったんです」

込み上げる涙を拭っていると、不意に抱き寄せられた。初めての抱擁に一瞬心臓が止まりそうになって、じわじわと嬉しさがこみ上げ胸が苦しくなる。

「ありがとう、リフィア。ようやく君に好きと言える。大好きな君を、この手でずっと抱き締めたかった……」

肩口に顔を埋めたオルフェンに耳元でそう囁かれ、「私もお慕いしております、オルフェン様」と小刻みに震える彼の背中に両手を回して、ぎゅっと抱き締め返す。

春のうららかな風に揺られて甘い薔薇の香りが舞い、まるで祝福するかのように優しく包み込んでくれた気がした。

その後改めてオルフェンが呪いの状態を確認したところ、呪いは完全に解けたわけではなく、いつも仮面で隠している額と目元部分には鱗が残ったままだった。

それでも大部分の呪いが解けた彼は、生活には不自由を感じないほど回復していた。

初夏を迎えた天気のよいとある昼下がり。庭園に設置されたガゼボで、リフィアはオルフェンやイレーネと共にティータイムを楽しんでいた。

「そうそう三階の改修工事をしているから、楽しみにしていてね」

「三階？　雨漏りでもしているんですか？」

ティーカップに角砂糖を三つも入れ、鼻歌交じりにティースプーンをクルクルとかき混ぜるイレーネに、何か企んでいるのではないかとオルフェンは訝しげな視線を送っている。

「ふふっ、できてからのお楽しみよ！　きっと二人とも喜んでくれるはずだわ」

（何か特別なお部屋でも作られているのかしら？）

美味しそうに紅茶を飲むイレーネを見て、真似をしたら美味しいのだろうかと、リフィアの視線がティーカップとシュガーポットを交互に行き来する。

「リフィアさんもやってみて、美味しいわよ」

「やめた方がいいよ、リフィア。母上は極度の甘党だから、真似すると絶対に後悔するよ」

シュガーポットの蓋を開けて誘惑してくるイレーネと、断固として蓋を閉めようとするオルフェンを前にどうすべきか悩んでいたら、豪華な装飾の手紙を携えてジョセフがやってきた。

「旦那様。王家から冬の舞踏会の招待状が届いておりますが、いかがなさいますか？」

受け取った招待状に目を通したオルフェンは、ぐしゃっと手で握り潰して言い放つ。

「こんなもの、欠席でいい」

(王家からの招待状、そんな扱いでいいの!?　舞踏会……行ってみたいな……)

無意識のうちに、リフィアの視線はぐしゃっと握り潰された招待状へと注がれていた。

「あら、せっかくだからリフィアさんと一緒に参加したらいいじゃない」と言って、イレーネが嬉しい提案をオルフェンにしてくれた。

「そんなところに参加して、僕の可愛いリフィアに悪い虫がついたらどうするのですか！」

「そんなの、貴方が守ればいいだけよ。ほら、見てみなさい。握り潰された招待状を見て、しょんぼりしているリフィアさんの哀しそうな顔を」

慌てて取り繕うと、オルフェンがハッとした表情で声をかけてくる。

「リフィア、もしかして……行きたかったのかい？」

「い、いえ！　私はダンスを踊れませんし滅相もないです！　でもいつか……オルフェン様と一緒に参加できたら、きっと素敵だろうなと……」

「行こう、今すぐ行こう！　ダンスなんて適当にステップを踏んでいれば大丈夫。僕がリードするから！」

そう言って突然席を立ったオルフェンは目の前で跪くと、こちらへ手を差し出してくる。

緊張しながら彼の手に自身の手を重ねると、優しく握り返してくれた。

繋がれた手が熱を持ち、まるで今すぐダンスを踊るようなエスコートを受け、リフィアの顔は真っ赤に染まっていた。

元から優しかったオルフェンだが、身体が自由に動かせるようになった後はそこに行動も伴って、さりげなく自然にエスコートをしてくれる。

大事にされているのが嬉しくて、エスコートに慣れていないリフィアはその度に、ドキドキと高鳴る胸を抑えるのに必死だった。

「旦那様、少し冷静になってください。舞踏会はまだ半年以上先です」

ジョセフに諭され、「わかったよ」とオルフェンは名残惜しそうにリフィアの手を放し席に戻った。

「ふふっ、本当にリフィアさんには弱いのね」と、イレーネはにっこりと微笑んでいる。

「彼女は僕の天使ですから！　リフィアを連れてきてくれて、僕は初めて母上に心から感謝しました」

「初めてって何よ、初めてって！　普段からもっと感謝しなさい！　でも貴方がこうしてまた笑えるようになってくれて、嬉しいわ」

「そうですね。今まで生きてきた中で、今が一番楽しくて幸せです」

「これも全てリフィアさんのおかげね。本当にありがとう」

「お礼を言いたいのはこちらです。オルフェン様とイレーネ様とこうして一緒にティータイムを楽しめて、私も今が一番幸せです！」

ここには誰もリフィアを蔑む者はいない。皆が笑顔で接してくれる。

クロノス公爵家に来て、リフィアは初めてたくさんの人の温かさに触れた。

今の生活が、まるで楽園で過ごしているかのように幸せだった。

「ジョセフ、招待状は出席で出しておいて」

「かしこまりました、旦那様」

ぐしゃっとなった招待状の皺を丁寧に取りながら、ジョセフは一礼してその場を離れた。

「冬の舞踏会までは、まだ半年ある。リフィア、僕と一緒にダンスの練習をしよう。そうすればきっと、当日は自信を持って参加できるはずだよ」

「もちろんだよ。母上、腕のよいデザイナーと宝石商、ついでに小物商も呼んでもらえますか？」

「ええ、任せて」

「リフィア、君を会場で一番美しい花にしてみせるからね！」

こうしてやる気に満ちあふれたオルフェンによって、舞踏会の準備は着々と進められた。

数日後、クロノス公爵家御用達のデザイナーや宝石商、靴や髪飾りを取り扱う小物商までやって来た。

「リフィアの美しい白い髪には、何でも似合うね。これは悩ましい。気に入るドレスはあるかい？」

まずはドレスからと、見本として部屋一面にずらりと並べられた華美なドレスの数々に、目がくらくらする。

（部屋一面が眩しいわ……）

「どれも素敵です！　オルフェン様。私はセンスに自信がなくて、よかったら私に似合うものを選んでいただけませんか？」

「よろしいのですか？」

リフィアは社交界に出たことがない。自分で変なドレスを選んで、それが周囲から浮いてしまいオルフェンに迷惑をかけてしまったらと不安になっていた。

「ほ、本当に僕が選んでもいいのかい？」

「はい、お願いします」

「任せて！　君に似合う最高の一着を見つけてみせるよ！」

胸を撫で下ろしたのも束の間、そこからリフィアは、ひたすら着せかえ人形に徹した。

「公爵様、リフィア様のお肌はブルーベース寄りです。鮮やか過ぎる色より、優しいパステルカラーの方が彼女の透明感を引き立ててくれるでしょう」

「そうだね。リフィアは青い瞳をしているから、色味は青系をベースにしよう」

オルフェンとデザイナーは、次々とリフィアを着せかえ似合うドレスを選んだ。

それをベースに細部のデザインにもこだわって意見を出し、生地の質感や光沢、手触り、色味を吟味してリフィアに合うものを選び抜いた。

後日、複数のドレスのデザイン画から一つを選んで作ってもらうことになった。

二人がそんな打ち合わせをしている間、リフィアは宝石商と話していた。

「奥様、よろしければこちらを。公爵様の瞳と同じ色の上質なアメジストで作った装飾品でございます」

宝石商がアタッシュケースを開けると、美しいアメジストを嵌め込んだイヤリングや指輪、ネックレスや腕輪などが並べられていた。

「わぁ、とても綺麗です！」

「以前公爵様には我が商会の宝石鉱山を悪魔から守っていただきました。当然の務めだとお礼を受け取ってくださらない公爵様への恩義に報いるため、上質のアメジストが採れた際に少しずつ用意していたものなのです。どうかお受け取りいただけると幸いです」

「こ、これを私にですか……!?」

思わぬ物を渡され、こんな高価な物をいただくなんてとリフィアは目を白黒させていた。

「パートナーの瞳の色と同じ装飾品を身につけてパーティーへ参加するのは、変わらぬ愛の証明を意味します。美しい奥様を引き立てるのは公爵様へのプレゼントと同義ですので、どうかお納めください」

呪いが悪化する前のオルフェンは、王国魔術師団の団長として悪魔や魔物の襲来から人々を守るために尽力していたと、イレーネが言っていたのを思い出す。こうしてオルフェンに感謝している人は多いのかもしれない。

「わかりました。ありがとうございます」

(これはオルフェン様に対する敬意と感謝の気持ち。それを無下にはできないわ)

その時、デザイナーとの打ち合わせが終わったオルフェンがこちらへやって来た。

「リフィア、何か気に入る装飾品はあったかい？」

「オルフェン様！　実はこれ……」

事情を話そうとしたら、宝石商がオルフェンに見えないよう、しーっと口元に人差し指を当てて目配せをしてきた。どうやら黙っていてほしいようだ。

「えーっと、どれも素敵で迷ってしまって！」

もらったアタッシュケースをぎゅっと抱き締め、何とか誤魔化す。

「なんだ、それなら迷うことないよ。全部買おう。全て部屋に運んでおいて」

(私は今、とんでもない失言をしてしまったのでは!?)

焦るリフィアの目の前で、オルフェンは構わず宝石商と話を進める。

「よ、よろしいのですか!?」

「問題ないよ。普段使いにも必要だったから」

「ありがとうございます！」

宝石商はペコペコと頭を下げて、部下に装飾品の入ったアタッシュケースを運ばせる。

その際、さりげなくリフィアの持つアタッシュケースも一緒に運んでくれた。

同じようにオルフェンは、小物商からもサイズの合う靴全てと髪飾りを購入していた。

「だってほら、普段使いにも必要でしょう？」と、お金のことなど何も気に留めていないオルフェンを見て、金銭感覚の違いをひしひしと感じていた。

「こんなに買っていただいて、よかったのでしょうか？」

「むしろ、まだまだ足りないくらいだよ」

「い、いえ！　十分すぎます！」

「リフィアはクロノス公爵夫人なんだ。買い物は領地を潤すことに繋がるし、何も遠慮することはないんだよ」

「で、ですが……」

「お金のことなら心配ないよ。子どもの時から王家に仕えて貯めてきたし、父の残してくれた莫大な遺産もある。それに領地の税収だってあるし、一生遊んで暮らしても全然使いきれないよ！」

（こ、これがヴィスタリア王国唯一の公爵家。次元が違いすぎる……）

ヴィスタリア王国では、神殿に奉納する魔力の量で爵位が決まる。

貴族の中で公爵位と言えば最高位。納める魔力の量も桁違いだ。

それを唯一満たしているのが、今ではクロノス公爵家だけだった。

しかもオルフェンは十二歳の頃から王国魔術師団の団長を務めていて、王太子の世話役を任されていたエリート中のエリート。

呪いを受けなければ、本来関わりさえ持てない方なのだと改めて思い知らされた。

「リフィア……？」

（私はオルフェン様のこと、まだまだ何も知らないのね……）

心配そうにこちらを覗き込むオルフェンを見上げる。その顔には、未だ仮面がつけられたまま。オルフェンは決して人前で仮面を外さない。それはリフィアの前でも一緒だった。

「ごめんね、気に入らなかったのなら別の商会を呼ぼ……」

「とても気に入りました！　本当にありがとうございます！」

買い物の際、オルフェンの前で迷う素振りを見せてはいけない。それは今日、リフィアが身に染みて学んだ教訓だった。

「リフィアに喜んでほしいっていうのはもちろんだけど、僕が君の色んな姿を見たいっていう願望がどうしても抑えきれなくて……その、今日は付き合ってくれてありがとう」

嬉しそうに口元を緩めるオルフェンを見て、心の中にあった不安がすっと消えるのを感じた。知らない部分があるのは当たり前だ。それよりも大事なのは、相手のことをもっと知りたいと思うこと。

オルフェンが自身に興味を持ってくれるのが、望んでくれるのが何よりも嬉しかった。

（私もオルフェン様のことをもっと知りたい。そしていつか、その仮面を取ったオルフェン様の本当の笑顔が見てみたい）


王国魔術師団の団長を辞した時より体調が回復したオルフェンは、任せきりにしていた領地の視察をして領民の困りごとを解決したり、救援要請があれば助っ人として悪魔や魔物の討伐を手伝ったりと忙しく過ごしていた。

クロノス公爵領のある東部地方は山岳地帯が多く、火山の活動が激しい領地だ。

そのため噴火した火山が領民の生活を脅かし、自然の災害の影響も大きかった。

小さな噴火は冷却用魔導具で鎮静化できるものの、最近はそれでも追いつかなくなってきていると報告があがってきていた。

被害を最小限に抑えるためオルフェンは現場に赴き、土魔法で溶岩をせき止める大きな土手を作って光魔法で強化した後、水と風の複合魔法で即座に冷やして固めていた。

さらに各地の冷却用魔導具に魔力を補充してまわり、いつ噴火が起きても対処できるよう数を増やして見回り点検をしていた。

世界樹がかなり弱っているせいか、困っているのはクロノス領だけではなかった。

最近は各地方から救援要請が止まず、王国魔術師団も人手不足で困っているらしい。

復職を期待されているようだが、「今は妻と過ごす時間を大事にしたい」とオルフェンはそれを断固拒否していた。その代わり、どうしても人手が足りない時や緊急時には転移魔法で現場へ駆けつけて対処する生活を送っている。王国一の魔術師であるオルフェンにしか対処できない事案も多いようで、皆がオルフェンを頼っていた。

「オルフェン様、どうかお気を付けていってらっしゃいませ」

「ありがとう、リフィア。すぐに片づけて戻ってくるよ。いってきます」

無理をして呪いが一気に悪化したという話をイレーネに聞いていたリフィアは、正直心配で仕方なかった。それでも困っている人々を守るために頑張るオルフェンのことを誇りに思い、その背中を笑顔で見送って祈り続けた。

（どうかオルフェン様が、無事に帰って来てくれますように……）

不安を抱えながら、リフィアはとある目標のためレッスンルームへと向かう。

冬の舞踏会に向けて、イレーネがマナーとダンスの優秀な講師を呼び寄せてくれた。

オルフェンの隣に少しでも相応しい存在になりたい！　とリフィアは日々、勉強やダンスの練習に励んで過ごしていた。

一ヶ月も経った頃には、楽しくステップを踏めるくらいにダンスは上達していた。

忙しい合間を縫って、オルフェンがダンスの練習に付き合ってくれたおかげである。

「今のターン、とても綺麗だったよ」

「ありがとうございます。オルフェン様の完璧なリードのおかげです！」

そうしてレッスンルームでダンスの練習をしていたら、珍しい来訪者が現れた。

「旦那様、アスター様がお越しになりました」

「体調が悪いと言って帰ってもらえ。僕は今忙しい」

取り付く島もないオルフェンの後ろで、ジョセフが両手を組んで必死に訴えてくる。

「オルフェン様、ジョセフが困っています。今はアスター様とお会いした方がよろしいいのではございませんか？」

「リフィアとの時間を邪魔されたくないんだ。よりにもよって、アスターなんかに」

（アスター様って誰なんだろう？）

「ルー、親友に向かって酷い言い様ではないか！」

ジョセフの後ろから、高貴なオーラを纏った男性が現れた。男性は不服を申し立てるかのように、ビシッとオルフェンを指差している。まるで夜空の星々を溶かしたようなキラキラと輝く美しい金髪に、思わず目を奪われた。

「勝手に入って来るとは、王家ではどんな教育がなされていたのでしょうか、アスター王太子殿下」

急に現れたアスターに一瞬顔をしかめた後、オルフェンはしらーっとした様子で言った。

（お、王太子殿下!?）

「嫌だな、ルー。お前と私の仲だろう？　そんなつれないことを言わないでおくれよ」

オルフェンの視線の先にアスターが移動すると、オルフェンは顔ごと視線を逸らす。するとまたアスターが移動してと、それを何度も繰り返され、オルフェンは若干苛立った様子で口を開いた。

「相変わらず、『待て』ができないお方ですね」

「待つ時間がもったいない。どうせお前は今日、私に会う運命だったのだからな。星の導きは嘘をつかない」

辛辣な皮肉をぶつけられても、アスターは怒ることなく、持論を返している。

「あー痛い。すごく痛い。どこぞのバカ王太子を庇って受けた呪いがすごく痛い」

仮面の上から額を押さえてオルノェンが突然そんなことを言うものだから、リフィアは心配で彼の顔を覗き込む。

「オルフェン様、大丈夫ですか？」

こちらを見て「しまった」と顔をしかめたオルフェンは、慌てた様子で謝ってきた。

「ごめんね、リフィア。今の冗談だから……」

「本当に本当ですか？」

「うん、本当だよ」

なだめるように優しくよしよしと、オルフェンは頭を撫でてくれた。

目を丸くしてこちらを眺めていたアスターが、「自分で墓穴を掘るとは、実に面白い奴だな！」と言って口角を上げている。

「誰のせいだよ、全く……」

「紛うことなく、お前のせいだな」と笑い飛ばすアスターをオルフェンはジト目で睨み、

「で、何の用？」と本題を切り出した。

「お前が報告だけでなかなか紹介してくれないから、奥方に会いに来たのさ」

こちらに視線を向けたアスターは、人懐っこい笑みを浮かべて話しかけてくる。

「私はアスター・ヴィスタリア。オルフェンとは古くからの知り合いなんだ。よろしくね」

「お初にお目にかかります、アスター殿下。リフィア・クロノスと申します。こちらこそ、よろしくお願いいたします」

淑女の礼を取り挨拶をすると、少年のように澄んだ眼差しを向けられ、緊張が走る。

「そんな丁寧に挨拶しなくていいよ、リフィア」

「で、ですが……」

「アスター殿下はものすごく変わっておられるからね。興味を持たれると地の果てまでも追いかけてくるよ。嫌われるくらいでちょうどいい」

アスターから隠すかのように、オルフェンの腕の中に閉じ込められてしまった。

「人聞きが悪いぞ、ルー！」

「人が呪いで苦しんでいるところに、『一枚だけその鱗をくれないか？　一枚、一枚でいいんだ！』って言ってくる変人だからね」

「結局お前、一枚もくれなかったじゃないか。ケチ。ちなみに私は、未だに狙っておるぞ！」

アスターがオルフェンの仮面に手を伸ばした瞬間、オルフェンは呪文を唱えた。

「プリズンガード！」

アスターの頭上から、一人用の檻が落ちてくる。檻の中に閉じ込められたアスターは「あぁ、懐かしい！」となぜか歓喜に満ちた声を上げた。

（オルフェン様の魔法、すごいわ！　でもどうして殿下は檻の中に閉じ込められて嬉しそうなのかしら……）

「僕が君を庇ったわけを、よーく考えてから物申してくれないか。軽々しく、呪いに触れようとするな！」

「呪われた王太子がいてもいいだろう！　ルー、お前は庇い損だな！」

オルフェンは大きなため息をつくと、こちらに話しかけてくる。

「ね？　もうなんか、相手にすると疲れるでしょ？　敬う心、どっかいっちゃうでしょ？なんでこんなのが王太子なのか、疑問しか出てこないでしょ？」

「え、えーっと……」

（同意すると、アスター殿下に失礼よね。何と答えればいいの……）

「ルー、それは私が優秀だからだよ。お前もよく知っているだろう？」

「本当に、無駄に高い能力を持ったクソガキほど、ろくなもんじゃない典型例だよね」

「褒められると照れるじゃないか」と檻の中で満更でもなさそうな顔をするアスターに、

「褒めてない」とオルフェンは顔を引きつらせる。

「お前が呪われるくらいなら、私がそうなっていた方がよかった。そうすればお前はずっと、私の我が儘に付き合ってくれただろう？　お前がクロノス領に閉じ籠るようになって、私は寂しくて仕方なかった。誰も私の研究に付いてきてはくれない」

「普通の魔術師が、君の無茶に付き合えるわけないだろう。それに呪われた身の僕がいつまでも君のそばに仕えていたら、嫌がる者も多い」

「そんなの、私は気にしない」

「将来国を治める気があるのなら、気にしてくれ。君の世話役の後任として、ラウルスを魔術師団の団長に任命しておいただろう。実直な彼なら上手くやってくれているはずだ」

「彼は真面目すぎる。融通きかないし！　申し訳なくて悪戯しづらいじゃないか！」

「僕にならいいのか!?」

「もちろん！」と親指を立てるアスターを見て、オルフェンは頭を抱えた。

そんな二人の様子を見ていて、彼等の関係性が少なからずわかった気がした。

（これはきっと、素敵な相棒というやつね！）

「影からの報告で、一時はかなり具合が悪かったと聞いた。お前が一枚でも鱗をくれれば、私が特効薬を作ったというのに」

「その必要はないよ。リフィアのおかげで、呪いも少しずつ解けている」

オルフェンは横髪を耳にかけると、隠していた右頬を見せた。それを見て「本当に治っているじゃないか！」とアスターは喜びの声を上げた。

「そうだ、アスター。ついでにリフィアを鑑定してくれないか？」

「私の鑑定は本来ならお高いんだが、他でもない親友の頼みだ。お安い御用さ！　フィア、鑑定するからここに立ってもらえる？」

部屋の真ん中に移動したアスターが、こちらに振り返って声をかけてくる。

「僕の妻を馴れ馴れしく愛称で呼ぶな！」

「人の名前は三文字あれば十分だろ？　長い名前なんて短縮した方がいいじゃないか」

「君のその効率主義のせいで、どれだけの女性が騙されて心を痛めたことか……」

「ほら、フィア！　こちらにおいで！」

オルフェンの言葉を軽く受け流したアスターに、手招きされた。

「人の話を全く聞かないところも、本当に変わってないな！」

「聖女の誕生に立ち会えるなんて、心躍るじゃないか！　ルー、お前は神経質過ぎる。細かいことを気にしていると禿げるぞ」

「ほんと君って奴はー！」

二人のやり取りが面白くて、思わず肩が震え出し、笑いを堪えきれなかった。

「り、リフィア……？」

「す、すみません、オルフェン様！　普段と違うオルフェン様の貴重な姿を拝見し、とても楽しくて思わず……っ！」

「ルーってすごく面白い奴なんだよ。フィアはよくわかってるね！」

アスターに笑顔でパチッとウィンクされた。

オルフェンにここまで気を許せる友人がいたことが、リフィアは素直に嬉しかった。

「非常に不本意だけど、リフィアが笑顔でいてくれるなら……いいや」

恥ずかしそうに耳を赤く染めてオルフェンが呟いた。

そんなオルフェンの姿に愛おしさを感じながら、指定された場所に移動する。

「フィア、少し髪を上げてくれるかい？　鑑定にはこれをつける必要があるんだ」と、アスターが懐から透明のクリスタルが嵌め込まれた銀色のペンダントを取り出した。

「はい、これでよろしいでしょうか？」

後ろ髪をまとめて持ち上げると、ペンダントをつけてくれようとしたアスターに「僕の妻に軽々しく触れようとするな」とオルフェンが手を伸ばした。

「そんな怖い顔で凄むことないだろ……」とぼやくアスターからペンダントを受け取ったオルフェンが、首につけてくれた。

彼が離れた後、アスターは内ポケットから魔法の杖を取り出すと、手慣れた様子でリフィアの周りの床に魔法陣を描き始めた。寸分のずれもなく綺麗な円を描き、素早く記号のような古代文字を刻んでいく様子を見て、リフィアはすごい技術だと目を見張る。

「よし、完成！　目を閉じて自然体のまま、そこから動かないでね」

「かしこまりました」

「星の導き手なる我、アスター・ヴィスタリアが命じる。慈愛を司る女神セイントラヴァーよ、森羅万象の理を解きて、かの者の真意を今ここに示せ」

魔法陣が輝きを放ち、辺り一面が金色の光で染まる。やがてその光がリフィアの首につけたペンダントへと集束した。

「これは、想像以上だ！　フィア、もう目を開けて大丈夫。ペンダントを見せて」

リフィアの胸元にあるペンダントに飛び付こうとしたアスターを「落ち着け！」とオルフェンが制止し、ペンダントを外してアスターに渡してくれた。

「初めて見たよ、こんなに美しい輝きを！」

金色に輝くクリスタルを天に掲げ、アスターが興奮気味に言った。

「それで、結果は？」

「フィアは間違いなく神聖力を持っている。しかも金色に染まるのは、大聖女の素質があるほど強い力を持つ者だけだよ！」

「私に大聖女の素質が……それならどうして、オルフェン様の呪いを完全に解くことができないのでしょうか。どうすれば、オルフェン様の呪いを……っ！」

毎日欠かすことなく祈りを捧げているのに、未だ仮面部分の呪いは解けていない。

オルフェンは呪いを抑えるのに魔力を使っている。そんな状態で無理を続ければ、また呪いが悪化する可能性があるのにと、胸中には拭いきれない焦燥感があった。

「悪魔の呪いが神聖力で一部分でも解けるとわかった。これだけでも大きな進歩だ。フィア、焦る必要はないよ。力を完全に使いこなせるようになれば、きっとルーの呪いは解けるはずさ」

「どうすれば、神聖力を使いこなせるようになるのでしょうか？」

「……最後に本物の聖女が確認されたのは、約三百年も前のことなんだ。だから具体的に何をすればいいというのは、正直私にもわからないんだ。ごめんね」

ばつが悪そうに頭をポリポリとかくアスターに、リフィアは慌てて謝罪を述べた。

「こちらこそ、不躾に申し訳ありませんでした！」

（私にもっと力があれば……）

沈んだ心を慰めるように、オルフェンの手が優しく頭を撫でてくれた。

「僕のためにありがとう、リフィア」

背中から包み込むように抱き締められ、不覚にも泣きそうになるのを必死に堪えた。

失いたくない。ずっとそばにいてほしい。そう声で伝える代わりに、オルフェンの腕を両手で抱きしめ返した。

その時、うーんと顎に手をかけ考える素振りをしていたアスターが、何かをひらめいたように「そういえば！」と、突然叫んだ。

「とある学者の一説では、神聖力は強い想いが具現化した力じゃないかと唱えていたんだ。ルーの呪いが解けたのはもしかすると、ラブラブな君たちの様子を見る限り愛の力なのかもしれないね！」

つくならもっとマシな嘘をつけと言わんばかりに、頭上ではオルフェンがアスターを睨みつけている。そんな彼とは対照的に、リフィアは明るい笑みを浮かべて口を開いた。

「一理あると思います！　確かに腕の呪いが解けた時、私はオルフェン様を失いたくないって強く想いました」

「なるほど、じゃあやはりあの説は有力なんだね！」

勝ち誇った顔をするアスターに、オルフェンは「アスターが正しい説を言うなんて、明日は槍が降るんじゃないか？」と半信半疑な様子で呟いた。

「フィア、せっかくだから君が知らないルーのことをいろいろ教えてあげよう。そうすればもっと愛が深まるだろう？　たとえば、ルーは顔にコン……」

「やめろ！　余計なことを言うな！」

アスターの頰スレスレを、オルフェンの放った鋭い風が駆け抜ける。

「そこまで本気で怒ることないだろう！　ルー、もしかしてお前、まだフィアに打ち明けていない秘密があるんじゃないか？」

「それは……」

「ふむ。さすがに結婚して半年以上経っているわけだし、互いの身体は隅々まで知り尽くした仲だろう。今さら何の隠しごとが……」

「と、突然破廉恥なことを言うな！」

アスターはオルフェンを上から下までじっくり観察した後、再び視線を上部に戻して叫んだ。

「あるじゃないか！　それだよ、それ！　その仮面だ！　まさかルー、君はその仮面をつけたまま事を為しているのか？」

「…………していない」

「さすがにそうだろうな。そんなのは仮面舞踏会の後ぐらいで……」

「だから、していないと言っているだろう！」

「何をそんなにむきになっているんだ」

「まだ、していない！」

しばらく沈黙が続いた後、「嘘だろう⁉　結婚して半年以上経っているのにか⁉」とアスターが驚愕の声を上げた。

「……っ、何度も言わせるな！」

目をパチクリさせるアスターから、オルフェンはふんと鼻を鳴らしそっぽを向いた。

「あの、お二人で何のお話をされているのでしょうか？」

頭上で繰り広げられる二人の会話を見守りながら、恐る恐る尋ねた。

「フィア。君は呪いを解くために、ルーの全てを受け入れる覚悟はあるかい？」

「はい、もちろんです！　オルフェン様の呪いが解けるなら、何だってやります！」

真面目な顔で問いかけてくるアスターに、リフィアも真剣に答えた。

「だそうだ、ルー。後はお前が勇気を出すだけだ。覚悟を決めろ」

「わかっている……！」

苦渋を滲ませるオルフェンを元気付けたくて、身体を反転させたリフィアは彼の手を両手で包み込んで明るく声をかけた。

「何かは存じませんが、私はいつでも覚悟できております！　オルフェン様のお心の準備ができた時に、どうか仰ってください！」

リフィアの言葉で顔を紅潮させたオルフェンをからかうように、アスターがにやにやと口元を緩ませ話しかけた。

「女の子にここまで言わせたんだ。ヴィスタリア王国の叡知『黒の大賢者』様が、こんなことで怖じ気付いたりしないだろう？」

「うるさい、王家が生んだ奇跡の存在『希代の天才占星術士』。いかがわしい未来ばかり占ってないで、早く身を固めたらどうだ？」

「語弊！　いろいろ語弊が生じる発言は慎んでくれ！　私のイメージが悪くなるだろう！」

「黒の大賢者？　希代の天才占星術士？」

聞きなれない単語に首を傾げると、アスターとオルフェンが説明してくれた。

「ルーはわずか十歳にしてこの国一番の魔法の使い手となった。そこで与えられた称号が、

「ヴィスタリア王国の叡知『黒の大賢者』なんだ。昔から容赦なくその魔法で私をいじめてくるのだよ。酷いと思わないかい？」

「王家には時折、未来を読み解く力、占星術を扱える者が生まれるんだ。アスターは王家で唯一その力を持っていて『希代の天才占星術士』として有名なんだよ。昔から城下にふらっと遊びに行っては、君の未来を占ってあげるよと平民の女の子に言い寄る変態で……」

「失敬だな！　私が女の子を追いかけるのには、意味があるのだよ！」

またいつもの台詞かとオルフェンはため息をついて、アスターの肩にぽんと手を置いた。

「……恨みを買って刺されないよう、精々気を付けろよ」

「そこで急に優しくなるのやめて。なんか怖い！」

（こうしておられると親しみやすく感じるけど、オルフェン様もアスター殿下も本当はすごいお方なのね）

感心しながら二人のやり取りを眺めていたら、アスターと視線が合った。彼は黄金のように輝くはちみつ色の目を優しく細めると、声を弾ませ名を呼んでくれた。

「そうだ、フィア！　せっかくだし占ってあげよう。ここまでヒントが揃ってきたんだ。

もしかすると呪いを完全に解く未来が見えるかもしれない。そうしたら、フィアの心配も減るだろう」

「よろしいのですか？」

「ああ、もちろんさ」

アスターが右手に魔力を集中させると神々しい光が集束し、表紙に五芒星のマークがある金の装飾が施された本が現れた。

「これは王家に代々受け継がれる『星の導きの書』というアイテムでね、占った未来を詳しく書き記すことができるんだ。現代では星の導き手である私しか、召喚できる者はいないのだよ」

「すごいです！　とても貴重な本なのですね！」

リフィアから尊敬の眼差しを送られるアスターが面白くなかったのか、「どやってないで、さっさとやれ」とオルフェンは厳しい言葉をぶつける。

ルーが冷たい！　と嘆きつつ、アスターは呼吸を整え呪文を唱えた。

「星の導き手なる我、アスター・ヴィスタリアが命じる。光陰の理を解きて、彼の者の未来を今ここに記せ」

アスターの上空を輝く星々が縦横無尽に駆け巡り、やがて星の導きの書へと集束する。

光る本の一ページを開いて目を通した後、アスターが含み笑いを浮かべて口を開いた。

「喜びたまえ！　ルーの呪いは、フィアがルーの全てを受け入れた時に解けると書かれている。ただし失敗する未来も同時に見えているから、両者の準備が整った上で慎重にやるんだよ。焦りは禁物だ」

「わかりました！　ところで準備とは、具体的に何をすればよいのでしょうか？」

「そうだね……心構えをするとか？　詳しいやり方や準備については、侍女に任せてれば大丈夫さ！」

「はい、ミアに相談してみます！」

　それがいいねと頷いた後、アスターはオルフェンの肩にぽんと手を置いた。

「これで後戻りはできないね、ルー。最高の初夜を迎えられるように、私はおば様に挨拶をしてくるよ。特別な魔導具を、素敵な場所に飾ってもらいたいからね」

　そう言って部屋を出ていこうとしたアスターを、オルフェンは「母上にまで変なことを吹き込む気か！」と叫び、慌てて引き留める。

「やだなー万全の環境を整えてもらうだけ、だよ。それとルー。フィアのこと、父上にはまだ言わないでおくよ」

「いいのか？」

「フィアの神聖力はこれからもっと強くなるはずだ。それが本当に想いの力なのだとしたら、お前たちを引き離すのは得策じゃない。それに親友として、お前の体調をまずは第一に考えたい。次にここで会う時は、呪いが解けていることを願ってるよ！」

「ああ、ありがとう」

それじゃあまたと手をひらひら振って、今度こそ踵を返して歩き出すアスターだが、扉の前で立ち止まる。

「時にルー、急いで出てきたから転移結晶を忘れてしまったんだ。おば様と話した後、スターライト城まで送ってくれないか？」

「……しまらない奴だな。わかったよ」

「私だってかっこよく去りたかったよ！」

アスターの虚しい叫びが響いた後、部屋は温かな笑いに包まれていた。


その日の夜。呪いを解くには、オルフェンの全てを受け入れる覚悟が必要だとわかったリフィアは、自室で悶々と悩んでいた。具体的な準備は侍女がしてくれるとアスターは言っていた。必要なのは心構えなのだと。

（私がおどおど悩んでいたら、オルフェン様も仮面を外す勇気が持てないわよね）

どっしり構えているのが正解なのだとわかっていても、何もせずにいるのは落ち着かなかった。

「リフィア様、今日は安眠効果のあるハーブティーをお持ちしました」

その時、ミアがお茶を淹れて持ってきてくれた。ミアの淹れてくれるお茶を飲んで寝ると、翌朝スッキリ目覚めることができる。最近のマイブームになっていた。

「ミア、ちょうどいいところに！　実は相談があって！」

昼間の出来事を話し、どうすればオルフェンの全てを受け入れる心構えが持てるのか相談してみた。

話を聞いたミアは「ついにその時が来たのですね！」と、なぜか瞳を輝かせている。

「ご安心ください。衣装の準備は万全です。こちらのクローゼットをご覧ください！」

今まで開かずの間だったクローゼットが、バン！　と解き放たれた。

そこには見たこともない透けたドレスの数々が収められている。

「こ、これは……何？」

「乙女の完全武装です！」

「むしろどこも守られていない気が……」

「それはそうですよ！　脱がすために用意されたドレスなのですから！」

(そんなものが、この世に存在するの!?)

リフィアはクローゼットのドレスを見て恐れ戦いていた。

「このドレスは旦那様だけにお見せする特別な姿なんです。そうして一夜を共にすることで、二人の愛の結晶である可愛い赤ちゃんに恵まれるのですよ！」

オルフェンとの間に可愛い赤ちゃんを授かる幸せな未来を想像して、嬉しくて思わず口元が緩む。

（オルフェン様も同じように望んでくださるかしら……？）

想像しようとして、オルフェンのとある言葉を思い出し、胸が苦しくなった。

『こんな呪われた化物の子を生むのは君だって本意ではないだろう？』

視線を逸らして拒絶するオルフェンの姿は、今でもリフィアの脳裏にしっかりと焼き付いている。

（あの時オルフェン様は、自分のことを化物と仰っていた。そして触れられることを酷く拒絶されていた）

鱗を一枚くれとアスターが仮面を取ろうとした時、オルフェンは本気で嫌がっていたように見えた。それだけオルフェンにとって仮面を外して相手に見せるのは、耐え難い行為なのだと気付いた。

「ミア、私これを着るわ」

一番露出の多いドレスを掴むと、ミアはとても驚いた様子でこちらを見ていた。

「私が先に隠しごとを打ち明ければ、オルフェン様だって少しは勇気が持てるわよね？」

「リフィア様の隠しごと？」と不思議そうに首を傾げるミアに、リフィアは自身の誰にも知られたくなかった秘密を打ち明けた。

「いつも手で隠して誤魔化していたのだけど、実はお腹に昔怪我した時の痣があるの」

アマリアに蹴られた時の傷が黒い痣となって、未だにリフィアの肌に刻まれていた。

「そうだったのですか⁉」

こくりと頷くと、ミアは目に涙を浮かべる。思わずといった様子で両手を広げたミアに、ぎゅっと抱き締められた。

「リフィア様……っ、大丈夫です。きっと旦那様はそんなこと気にされません！」

「うん……ありがとう、ミア」

隠しごとを打ち明けるのは怖い。それでもオルフェンが少しでも勇気を持ってくれるならと、リフィアは決意を固めていた。

「それではリフィア様！　三日後までに、完璧ボディに仕上げましょう！」

涙を拭いながらそう言って張り切るミアに、「三日後？」とリフィアは尋ねる。

「はい！　三日後に旦那様とリフィア様の寝室の改修工事が終わるんです。イレーネ様が一ヶ月前から張り切って指示されていたではありませんか」

「もしかして三階の改修工事って、私たちの寝室の工事だったの⁉」

「ええ、そうです！　王太子殿下から本日特別な贈り物もあったそうで、仕上がりが楽しみですね！」

あれからあっという間に三日が経った。

オルフェンやイレーネと朝食をとった後、早速部屋の移動が始まった。

三階の一番眺めのよい真ん中の部屋が寝室で、両隣の部屋もそれぞれの自室として使えるように改装されていた。

白を基調とした部屋には、金の装飾が施された高級家具が置かれている。

光沢のある薄紅色の布地が使われたカーテンやソファには繊細な薔薇の刺繍が施され、まるでお姫様の部屋のようだった。

その可愛らしい優雅な空間に、リフィアは落ち着かずそわそわしていた。

(何だか使うのがもったいないわ……)

リフィアは部屋を汚さないように慎重に歩いて、ソファに腰かけた。

「書物庫からリフィア様の好みに応じて本を移動していますが、欲しい本があれば何でも取り寄せるようにと旦那様から言われております。読んでみたい本があれば、遠慮なく仰ってくださいね！」

「うん、ありがとう。ミア、あの扉は何かしら？」

一際目を引く扉が気になり尋ねると、ミアが意気揚々と扉を開けて説明してくれた。

「それはもちろん、寝室への扉でございます！　ここから自由に行き来できますよ」

扉の先には見たこともない大きな寝台が置かれていた。

（ここでオルフェン様と一緒に……）

想像したら恥ずかしさで顔が火照る。リフィアは胸に手を当て、波打つ鼓動を必死に抑えていた。

「見てください、リフィア様！　このお洒落な照明魔導具を。きっと王太子殿下からのプレゼントですよ！」

ミアに促されて寝台脇のテーブルに視線を移すと、先端に丸いガラスドームのついた置き型のお洒落な照明魔導具があった。

ガラスドームの中には可愛い天使が祈るように両手を組んで座っており、下側にプッシュ式とスライド式のボタンが複数ついている。

（そう言えばアスター殿下は魔導具の研究が趣味だと、イレーネ様が仰っていたわね。私には扱えないもの……）

魔導具は魔力を動力源として動くさまざまな機能を持つ便利道具だ。起動にも魔力が必要なため、貴族だけが扱えるもの。魔力のないリフィアには扱えない代物だった。

別邸に隔離されていた時、古い生活用の魔導具をいくつか見つけたものの使うことはできなくて、結局全て自分の手でやるしかなかった。

どうせ点けられないだろうと思いつつも、試しにボタンを押してみる。すると天使が発光しながら回転してガラスドームを美しく照らし、驚いたことに音楽まで鳴り始めた。

「み、ミア！　ボタンを押したら勝手に……私、魔力ないのに！」

「きっとこれは王太子殿下が発明した、充電式魔導具ですね！　多くの国民が使えるようにと、予め魔力を溜めておくことで誰でも扱えるように作られたものだと思います」

「知らなかったわ。そんな魔導具があったのね」

（あの時の神官様のお言葉が、本当に現実になったのね……）

魔力検査を終えた後、祝福の証としてもらう玩具の魔導具を自分だけ発動させることができなかったのを思い出した。楽しそうに幻影の鳥を飛ばす子どもたちの姿を眺めていたら、『大丈夫、いつか誰にでも扱える魔導具ができるよ』と若い神官が励ましてくれた。

顔はよく見えなかったけれど、フードから覗く光り輝く金髪がとても美しかったのを覚えている。今思えばその神官は、どことなくアスターに似ていたような気がした。

「昔は旦那様が充電係をされていましたので、部屋中をアスター殿下の作った魔導具で埋め尽くされていることがよくあったんですよ！」

なんで僕がこんなガラクタに！　ってミアがオルフェンの真似をしながら当時のことを教えてくれた。

「ふふっ、それは大変ね」

アスターの望みを叶えるために、オルフェンが文句を言いつつも頑張っている微笑ましい姿が想像できて、思わず頬が緩む。

「それにしても素敵な音色ね。なんていう曲なのかしら?」

すっと耳に馴染む美しい旋律が心地よく、いつまでも聞いていたい素敵な音楽だった。

「天才音楽家、ファルザン様の作られたカプリースの一曲です! 格式高い古典派音楽から街で流行りのロマン派音楽まで広く精通されたお方で、多くの方に親しみやすい魅力的な音楽を発表されているんです。今では宮廷に招かれるほど大人気の音楽家なんですよ!」

「ミア、詳しいのね」

「はい! 実は私ファルザン様の大ファンで、休暇をいただいて演奏を聞きに行ったこともあるんです! 生で聞くヴァイオリンの音色、とっても素敵でした……!」

胸の前で両手を合わせ、ミアはうっとりと当時の記憶に思いを馳せているようだ。

「それにファルザン様はよくチャリティーコンサートを開いておられて、魔物の被害に苦しむ貧しい村などに支援もされているんですよ、本当に尊敬します!」

「ファルザン様って、すごい方なのね」

「そうなんです!」と、ミアが眩しい笑顔で返事をしてくれた。

(ミアのことが知れて嬉しいわ。アスター殿下、素敵な贈り物をありがとうございます)

感謝しながらミアと一緒に美しい音色に耳を傾けていると、自室の方からノックが聞こえてきた。音楽を止めて自室に戻ると、「リフィア、いるかい?」と廊下からオルフェンの声がした。

「はい、今開けます！」

ミアが扉を開けると、そこには黒のロングブーツを履いたかっちりとした装いのオルフェンの姿があった。

黒地に金の装飾の施された軍服とセットになった豪華なマント。それはヴィスタリア王国で『黒の大賢者』の称号を持つ、オルフェンのみが着用を許された特別な軍服だった。

王国魔術師団から緊急要請が来たのだと、その服装を見てリフィアは悟る。

「すまない、リフィア。急ぎ王都で片づけなければならない仕事ができた。夕方までには戻るから、今日のダンスレッスンはその後でもいいだろうか？」

焦りを滲ませるオルフェンを見て、心配な気持ちをぐっと堪えて、彼を困らせないよう笑顔で送り出す。

「オルフェン様。無理せず今日はお休みで構いませんので、どうかお気をつけていってらっしゃいませ」

「うん、ありがとう。それでは行ってくるね」

床に転移魔法陣が浮かび上がり、オルフェンはその場から姿を消した。

「旦那様、かなり急いでおられたようですね。王都で一体何があったのでしょう……」

「オルフェン様ならきっと大丈夫。無事に解決して、すぐに戻ってきてくださるわ」

不安を悟られないように、リフィアは努めて明るく言った。

「そうですね！　しっかり準備をして旦那様の帰りを待ちましょう！」

しかし夕方になってもオルフェンは帰ってこなかった。イレーネと夕食をとった後、リフィアはミアを含む侍女たちの手によって、いつもより念入りに身体を磨かれ、全身のケアをされて、ナイトドレスに着替えさせられた。

万全の準備をしてもらいながらも、心の中は不安で押し潰されそうだった。

（どうか、無事に帰ってきてください。オルフェン様……）

時計の針が二回りしても、未だオルフェンは帰ってこない。寝室のソファに座り待つリフィアのもとに、ミアが朗報を知らせに来てくれた。

「後処理に少し時間がかかるそうで、今日中には必ず帰ると先程旦那様から連絡があったそうです！」

「無事ならよかったわ。教えてくれてありがとう、ミア」

（本でも読んで待ってよう）

何かしていないと落ち着かなかったリフィアは、聖女の神話の本を読んで待つことにした。途中ミアがカモミールミルクティーを淹れてくれてほっと一息つくも、オルフェンはまだ帰ってこない。

静寂に包まれた部屋に響くのは、リフィアが本をめくる音だけだった。次第にその音は止み、カチッ、カチッと秒針が規則正しく時を刻む音と静かな寝息だけに変わる。

睡魔に抗えなかったリフィアは、ソファの背にもたれ掛かりながらいつの間にか寝てしまっていた。

リフィアは夢を見ていた。

度重なる悪魔や魔物の襲撃に駆り出されるオルフェンを、ただ見送り続けることしかできない無力な自身の夢を。

日に日にボロボロになって帰ってくるオルフェンを、必死に願って祈ってもほんの少し痛みを和らげてあげることしかできなかった。

これ以上無理をしてしまえば呪いが悪化して、最悪死に至ってしまうかもしれない。

(行かないで……!)

我が儘を言って嫌われてしまうのが怖くて、そんな一言さえ言えなかった。

けれど気持ちを誤魔化して、笑顔の仮面をつけて見送る日々は、唐突に終わりを告げた。

『リ……フィア……』

帰ってきたオルフェンはほぼ全身が硬い鱗に覆われ、変わり果てた姿をしていた。

リフィアは後悔した。自身の気持ちを素直に伝えていれば、オルフェンはこうならずに済んだかもしれないのにと。

『おかえりなさい、オルフェン様……っ!』

今にも倒れそうな様子でこちらに手を伸ばしてくるオルフェンに駆け寄り、その身体を抱き締めた。

もう後悔をしたくなかった。嫌われても、正直に自分の気持ちを伝えたかった。

『どうか、もう無理をしないでください。私をおいて、行かないでください……っ！』

皆が悲鳴を上げ逃げ出す中で、冷たくて硬い鱗に頬擦りをする。

硬鱗化した身体を動かすのは、激しい痛みが伴う。そんな全身の痛みに耐えてまで、最後に自身のもとに帰ってきてくれたのがとても嬉しくて、愛おしくて仕方なかった。

「貴方がどのような姿をされていても、お慕いしております。オルフェン様……」

もう二度と離したくない。そんな思いを込めて抱き締める手に力を込めた。その冷えた身体を少しでも温めたくて、消えかかった命の灯火を少しでも伸ばしたくて。

「どうして君は……っ！」

不意に、強く抱き締め返された。しかしその腕はザラザラもしていなければ硬くもない。

「寂しい思いをさせて、ごめんね。リフィア」

涙を堪えたかのような、くぐもったオルフェンの声が耳元に届いた。

「愛している。君のことが愛おしくて堪らないんだ……っ！」

感情の乗った荒々しい手が必死に力を制御して、まるで宝物に触れるかのように、後頭部をゆっくりと撫でている。

（夢にしては何てリアルな感覚なんだろう？）

奇妙な違和感が、リフィアを夢から覚醒させた。目の前には温かな人肌があって、背中や頭に回された腕は間違いなく本物だった。

柔らかい布地に横たわっているということは、おそらくここは寝台の上だろう。

（ど、どうしたらいいの⁉）

夢だと思っていた。だから正直に自分の気持ちを吐露した。

もしそれが寝言としてオルフェンに伝わっていたとしたら、は、恥ずかしすぎる！

「この仮面の下を、君に見られるのが怖かった。嫌われるのが怖くて、外すことができなかった」

相手に嫌われたくない――根本にあった思いは同じなのだと知って嬉しくて、リフィアは胸の奥からあふれだしてくる熱い思いを止められなかった。

伝えるなら、今しかない。リフィアは覚悟を決めて「私も、同じです！」と叫んだ後、オルフェンの胸に埋めていた顔を上げた。

「り、リフィア！　起きていたのかい⁉」

こちらを見て驚くオルフェンの目を真っ直ぐ見て、リフィアは自身の思いを伝えた。

「呪いが完治していない状態で、無理をされるオルフェン様を見送るのが、本当はとても怖かったんです。でも我が儘を言ってオルフェン様に嫌われるのが怖くて、ずっと我慢していました」

「そうだったんだ。気付いてあげられなくて、ごめんね」

「オルフェン様の呪いが悪化する夢を見て、正直に言わなかったことをとても後悔しました。冷たくなっていく身体を、祈りながらただ抱き締めることしかできなくて、自分の無力さを痛感しました」

「そんな夢を……だから、泣いていたんだね」

「呪いで全身ボロボロになっても私のもとへ帰ってきてくださったオルフェン様が、とても愛おしくて嬉しかったんです。貴方がこうしてそばにいてくださるだけで、私は幸せです」

「ありがとう、リフィア。ちなみに夢の中の僕は、どんな姿をしていたの？」

「全身が鱗に覆われて、とても苦しそうで……」

「そ、そんな姿になっても、僕を愛してくれるの？」

不安そうにこちらを見つめるオルフェンの頬に、そっと手を伸ばす。

「どんな姿をしていても、オルフェン様は私の大好きなオルフェン様です。代わりなんて誰にもできません」

優しく頬を撫でると、オルフェンに手を掴まれて愛おしそうに頬擦りされた。そのまま手のひらにキスを落とされ、再び彼の腕の中に引き寄せられて閉じ込められる。早鐘のように脈打つ彼の鼓動にドキドキしていると、頭上から鼻を啜る音が聞こえた。震える彼の背中に手を回し、落ち着くまで優しく撫で続けた。

「ありがとう。これでリフィアの不安を少しでも拭えるなら……僕の全てを、君に知ってほしい」

そう言って寝台から上体を起こしたオルフェンは、部屋の灯りを点けた。

おもむろに仮面に手を掛けた彼は、それを全て取り払って顔を上げる。

「……どう、かな？」

こちらを捉えて、不安そうにオルフェンの紫色の瞳が揺れている。

（オルフェン様……こんなに美形な方だったの⁉）

儚げな美青年が、潤んだ瞳でこちらを見ている。パッと見ると硬鱗に覆われた額は確かに少し目を引くが、前髪で隠れてそもそもあまり見えない。

それ以上に視線がいくのは、造形が整いすぎている美しい顔全体だった。

「やっぱり、醜いよね……ごめんね、汚いものを見せて……」

オルフェンは顔を隠すように、膝を抱えて埋めた。

「ち、違います！　オルフェン様があまりにも美しい方だったので、思わず見惚れてしまって……」

「お世辞はいいよ。僕が醜いことは昔からわかっているから」

呪いを受ける前のオルフェンは、間違いなく美少年であったことは容易に想像がつく。

それなのになぜ、ここまで容姿に対して自己評価が低いのかわからなかった。

「どうして、そう思われているのですか？」

「昔から女性は、僕を遠目に見てはヒソヒソと陰口をたたくんだ。声をかけると悲鳴を上げて倒れてしまうし」

この整った容姿に加えて優れた魔法の使い手であり、高い身分を持つ。

なかなか近寄りがたく感じるのも、無理はないだろう。

遠目に見ては陰口……それは美しすぎる容姿のせいで、目の保養と鑑賞され続けた結果だろう。声をかけられて女性が倒れたのは、憧れの人が突然近付いて声をかけてきたからではなかろうか。そう結論付けたリフィアは、簡潔に述べた。

「それはきっと、オルフェン様の顔が美しすぎるせいだと思います」

「じゃあ、リフィアは嫌じゃない？」

膝に顔を埋めたまま、オルフェンはこちらの様子を窺うように見ている。

「嫌なんてことはありません。ただオルフェン様があまりにもかっこよすぎて、逆に私が緊張してしまって……」

「僕は今、初めてこの顔に生まれてよかったと思えたよ。ありがとう、リフィア」

嬉しそうに顔を綻ばせるオルフェンの笑顔が、リフィアには眩しすぎた。

初めて見た仮面で隠されていない彼の本当の笑顔に、胸が大きく高鳴る。

「オルフェン様。貴方の全てを受け入れたい。だから、その……額に触れても、よろしいでしょうか？」

「うん、構わないよ」

オルフェンは触れやすいよう前髪をかきあげてくれた。

呪いを受けたであろう額の真ん中に、一枚だけ核のように赤い鱗がある。

額に触れてそっと撫でる。少しザラザラとした硬い鱗の感触は夢とそう変わらないが、ぬくもりを帯びていることに、心底安堵する。

オルフェンはきちんと生きていると教えてくれて、嬉しさが込み上げる。

「よかった、とても温かいです……っ！」

（このぬくもりを、そばでずっと感じていたい。オルフェン様と共に、これからもずっと一緒にいたい……！）

夢の中で感じた冷たくなっていくオルフェンの幻影をかき消したくて、気が付けば彼の頭を抱き、額に頬を寄せていた。

その瞬間、神々しい光がリフィアの身体からあふれだす。キラキラと輝く光はオルフェンの身体を包み込んだ。先程まで確かに硬かったはずの額が柔らかく感じて頬擦りすると、オルフェンが肩を震わせ声を漏らした。

「り、リフィア……ははっ、くすぐったいよ……っ！」

「も、申し訳ありません！」

慌てて離れると、オルフェンの額がなんと綺麗に治っていた。

「オルフェン様！　呪いが、全て解けました！」

恐る恐る額に触れて確かめた後、オルフェンが嬉しそうにくしゃりと顔を歪めて笑った。

「リフィア、全て君のおかげだ。こんな僕を受け入れてくれて、本当にありがとう……っ！」

身体をきつく抱き締められ、肩口に埋められたオルフェンの頭を、いつも彼がしてくれるように優しく撫でた。

「こちらこそ、私を信じてくださってありがとうございます」

ゆっくりと顔を上げたオルフェンは、熱の籠った瞳でこちらを見つめている。

「愛してるよ、リフィア。君が僕の妻になってくれて、とても幸せだ」

「私もです、オルフェン様。貴方の妻になれて、とても幸せです」

「君が欲しい。触れても、いいだろうか？」

「はい、もちろんです」

優しく頬を撫でられ、ゆっくりとオルフェンの顔が近付いてくる。最初は触れるだけのキスだったのが、いつの間にか後頭部に手を回され、深いものへと変わっていく。

絡み合う吐息はどこまでも甘く、混ざり合う互いの熱はとても心地よい。脱力した身体をゆっくりと寝台へ寝かせられて、オルフェンの手がガウンの紐をほどいていく。

そこでリフィアはあることを思い出し、咄嗟にオルフェンの手を掴んで拒んでしまった。

「ごめんなさい、オルフェン様！　実は私、腹部に昔怪我をした時の痣があるのです。今まで黙っていて、申し訳ありませんでした……っ！」

最初に話そうと思っていたのに、順序が逆になってしまったとリフィアは後悔していた。

「謝る必要ないよ。だったらその痣ごと、僕はリフィアを愛したい。君を構成する全てのものが、僕は愛おしくて仕方ないんだ。だから怖がらないで」

予想外の返答に、嬉しさと恥ずかしさが同時に押し寄せ、のぼせたように顔が熱くなる。

「ありがとうございます、オルフェン様」

愛した人が、この人でよかった。心の底から喜びに震えていると、オルフェンが優しく痣に触れて信じられないことを口にした。

「美しいユリの花みたいだ」

「ゆ、ユリの花ですか？　そんなはずは……」

黒く醜い痣があるのを何度も見てきた。きっとオルフェンが気を遣ってくれているのだろう。しかし驚いたことに黒く醜い痣が、金色に輝くユリの花の形に変化していた。

（一体何が起こったの⁉　確かに、夜湯浴みをした時は黒い痣だったのに……）

「まるで聖女の証、みたいだね。とても綺麗だ」

痣の上に口付けを落とされ、リフィアの白い肌が一気に赤く色付く。

緊張や不安、羞恥心などリフィアの中に渦巻く全ての感情を、オルフェンは優しく包み込んで溶かしてくれた。

愛する人とひとつになれることが、こんなに嬉しくて幸せなことなんだとリフィアはこの日、初めて知った。

翌朝、公爵邸は歓喜に包まれていた。

十五歳の頃から仮面をつけ素顔を隠していたオルフェンが、嬉しそうにリフィアの手を引いて仮面をつけずに食堂へ現れたことで、一同は騒然とした。

「オルフェン！　貴方、その顔……呪いが解けたのね！」

「はい。これも全てリフィアのおかげです」

「よかった、本当によかった……っ！　リフィアさん、本当にありがとう！」

大粒の涙を目に溜めるイレーネに、ぎゅっと抱き締められた。

(長い間誰よりも一番心配してこられていたのは、きっとイレーネ様よね)

肩に顔を埋め嗚咽を漏らすイレーネの背中に手を回し、リフィアはイレーネが落ち着くまで慰めた。

「旦那様、こんなに立派になられて……！」

まだ成人したばかりの初々しいオルフェンの姿しか記憶にないジョセフは、目の端に滲む涙を必死に拭っている。

「父上、準備できました……って、オルフェン様、ついに呪いが解けたんですね！」

おめでとうございます！　とコルトが満面の笑みを浮かべて駆け寄ってくる。

そんなコルトの大きな声を聞き付けて侍女たちも集まってきた。

厨房からは騒ぎを聞き付けたアイザックと料理人たちもやってきて、食堂は歓喜に包まれとても賑やかだった。

夜は祝宴を開こうと皆が張り切って準備を進め、「主役の二人はゆっくりしていなさい」とイレーネに言われ、久しぶりにオルフェンと二人でのんびり過ごした。

ボードゲームでゆっくり遊んで庭園を散歩した後、ガゼボでティータイムを楽しむ。

その時オルフェンが話してくれたのは、昨日の王都で起きた事件のことだった。

「……それでアスターの馬鹿が、新人魔術師の訓練で『訓練が甘すぎるよ～』って魔獣の数を一桁多く召喚して、魔術師団の訓練所は地獄絵図と化していたんだ」

「それで帰りが遅かったのですね」

「そうなんだ。結界の中が魔獣だらけで、倒しても倒してもキリがなくておかしいと思ったら、厄介なことに一度に殲滅しないと倒せない術式で召喚されていたんだ。久々に極大魔法を使って、本当にヘトヘトだったよ昨日は……」

「はっはっはっ！　誠によい働きであったぞ、我が親友よ」

聞き覚えのある声がして振り返ると、そこにはアスターと魔術師団の制服を着た赤髪の男性が立っていた。

「なぜ君たちが、ここにいる!?」

「それはもちろん、星の導きだよ。運命がどう変わったか、確かめに来たのさ。無事に呪いが解けたようで嬉しい限りだ！」

「オルフェン様、勝手に押し掛けてしまい誠に申し訳ありません！　先日のお礼をしたくて、殿下にご同行させていただきました」

悪びれもなく答えるアスターと対照的に、同行した赤髪の男性は申し訳なさそうに説明をしてくれ、誠実な印象を受ける。

「余計な気遣いは無用だと言っただろう」

ひらりと身を翻してこちらに向き直ったオルフェンは、赤髪の男性を紹介してくれた。

「リフィア、彼は王国魔術師団に所属していた頃の僕の部下、ラウルスだ」

「お初にお目にかかります。オルフェン様の跡を継ぎ、王国魔術師団の団長を務めているラウルス・フレアガーデンと申します。夫人にお会いできて、とても光栄です！」

彼は右手を胸に当てて右足を後ろに引くと、流れるような所作で腰を曲げ、礼を尽くして挨拶をしてくれた。

「リフィア・クロノスと申します。こちらこそ、お会いできて嬉しいです」

（お父様よりも鮮やかな赤い髪をされているわ。きっとエヴァン伯爵家よりも格式の高い、火属性魔法の家系の方なのね）

　社交界に出たことのないリフィアは、家名を聞いても相手の爵位がわからなかった。

「ラウルスはフレアガーデン侯爵家の三男で、子どもの頃から魔術師団に所属していたんだ」

「そうなんです。オルフェン様には昔からとてもお世話になっています！」

　尊敬を込めた眼差しを送るラウルスに、オルフェンは「全く、大袈裟だな……」とこぼす。そんな言葉とは裏腹に、オルフェンの口元は優しく緩められている。

「まぁまぁ、立ち話も何だし、私たちも同席させておくれよ」

「そして君は相変わらず厚かましいな！」

　アスターの言葉にため息をつきつつ、オルフェンは二人に席に着くよう促した。

　オルフェンはリフィアの隣に座ろうとしたアスターを、なぜかすかさずはねのけ、ラウルスを座らせる。そして「君はこっちだ」と、アスターを自分の隣に座らせていた。

「まぁいいよ。正面からフィアがよく見えるし」

　四人掛けの丸テーブルであるため、隣に座らないと必然的に正面になる。

「リフィア、こちらにおいで」

オルフェンに呼ばれた席は、ギリギリまで椅子が彼の隣に引き寄せられていた。

「あの、オルフェン様……少し近すぎる気が！」

「僕の隣は嫌……？」

潤んだ瞳でオルフェンにそう尋ねられ、「いえ、嬉しいです！」と慌てて否定した。

そんな光景を見て、ラウルスは目のやり場に困った様子で視線を彷徨わせていた。

「ラウル、面白いだろ？　あの堅物だったルーがここまで変わるのだよ」

「確かに驚きました。ですがオルフェン様がとても幸せそうで、嬉しいです！　それにその国宝級のご尊顔をまた拝見できる日が来るとは……！」

オルフェンの変化に驚きつつも、ラウルスはこちらを涙ぐみながら見ていた。

「ラウルス、君は昔から僕をなんだと思っているんだい……」

若干引いた目で、オルフェンはラウルスを眺めている。

「そりゃあ、天然記念物だよね」

「アスター、君には聞いていない。というか天然記念物はどう考えても君の方だろ」

「黒の大賢者の叙勲式で一目見たあの時からずっと俺の憧れです！　オルフェン様にかかった呪いは、完璧すぎる貴方に嫉妬した神が与えた試練だと俺は常々思っておりました」

そこからつらつらと、ラウルスはオルフェンに対する熱い思いを述べ始めた。そんな様子を見て、しまったと言わんばかりにオルフェンは顔をしかめている。

王国魔術師団の団長を務めていた時の武勇伝の数々から始まり、魔法の扱い方に悩んでいた自身に的確なアドバイスをして育ててくれたお礼と、その勢いはあのアスターでさえ口を挟む隙がないほどだった。

「ですから呪いが解けて本当によかったです。おめでとうございます、オルフェン様！」

「……あぁ、ありがとう」と、オルフェンは苦笑いしながらお礼を言った。

「素敵です、オルフェン様！」

尊敬の眼差しを送ると、彼は恥ずかしそうに頰を赤く染め謙遜の言葉を口にした。

「そ、そんな大したことじゃないよ」

「ルー、墓穴を掘るんじゃない！」

「あ……」

「そうなんです、夫人！　オルフェン様はとても素敵な方で、いつもこうして謙遜されるので俺は……」

せっかく終わったはずのラウルスの話は延長戦に突入。

その話を楽しそうに相槌を打ちながら聞いていたのは、もはやリフィアだけだった。

そうしているうちに日が暮れ始め、イレーネの誘いで祝宴にアスターとラウルスも参加することになった。二人は客間へと案内され、主役のオルフェンとリフィアはそれぞれ自室に戻って着替えを済ませる。

リフィアの準備が終わったところで、オルフェンが迎えに来てくれた。

「僕たちも行こうか、リフィア」

「はい、オルフェン様」

飾り付けられた晩餐会の会場へ移動する途中、オルフェンはなぜか突然足を止めた。

「リフィア、さっきはラウルスが余計な話を長々とすまなかった。退屈だったよね……」

申し訳なさそうに謝るオルフェンに、リフィアはとんでもないと首を左右に振った。

「私の知らなかったオルフェン様のことを知れて、とても楽しかったです！」

「普段はあそこまで喋る部下ではないのだけど……え？　楽しかった!?」

「はい！　素敵な話をたくさん聞けてとても幸せでした。少しでもオルフェン様の隣に相応しくなれるように、私も頑張ります！」

こちらを見て赤くなった顔を隠すよう俯いたオルフェンは、「どうしてそんなに可愛いの。反則だ……」と呟き身悶えていた。

「オルフェン様……？」

突然手で胸を押さえ俯いた彼を見て、呪いの後遺症があるのではと不安が押し寄せる。

「痛む時はどうか遠慮なく仰ってください。私の最善を尽くしますので……！」

「ち、違うんだ、リフィア。君が可愛すぎて、愛おしくて、幸せすぎて胸がいっぱいになったただけだから。君に誇ってもらえる夫になれるように、僕も頑張るよ」

「オルフェン様は今のままで十分すぎます！」

「そんなことないよ。この幸せが実は全て夢なんじゃないかって、僕はいつも不安で仕方ないんだ。天使のように可憐な君が、いつか天界へと帰ってしまうんじゃないかと……」

（むしろ天使なのは、美しいオルフェン様の方だと思うんだけど……）

間近にある憂いを帯びた儚げな美しい顔を見上げながら、そう思わずにはいられない。

「そんなに不安なら、攫われないようしっかり腕の中に閉じ込めておくことだね」

突然横から声をかけられ、リフィアとオルフェンは一瞬身体を硬直させた後、声の主に視線を移した。

「アスター！　先に会場に向かったはずだろ、何でここにいる!?」

「主役たちの登場が遅いから、様子を見に来ただけさ。イチャイチャは後にして、皆がお待ちかねだから、さぁさぁ進んで」

アスターに促され、慌てて歩を進める。恥ずかしくて顔が熱を持つのを感じ、隣を見るとオルフェンも頬を赤く染めていて少しだけほっとした。

「手放したくないなら、頑張って足掻いて未来を変えてごらん。私の知らない、新たな未来へ……」

後ろから何か聞こえた気がして振り返ると、そこには悲しそうに微笑むアスターの姿があった。一瞬驚いた様子で目を大きく見開いた彼は、何事もなかったかのように明るい笑顔を作ると声をかけてくる。

「フィア、余所見をしているとルーがヤキモチをやくよ。しっかり前を向いて歩くんだ」

(何だかアスター殿下のご様子が、いつもと少し違ったような……？)

その後祝宴は滞りなく行われ、皆に祝福されながらオルフェンとリフィアは呪いが解けた幸せを喜びあった。

祝宴も終盤に差し掛かった頃、会場の隅でグラスを傾けていたアスターを見つけ、リフィアは声をかけた。

「アスター殿下、先日は素敵な贈り物をありがとうございます。魔力がない私でも起動できる魔導具があるなんて、初めて知りました！」

酒気を帯びたアスターの顔はほんのりと赤く染まり、酔いが回っているように見える。

(お一人であのワインを全て飲まれていたのかしら……？)

「昔、魔導具を起動できなくて悲しんでいた女の子を、笑顔にしてあげたいと思って作ったんだ。どうだいフィア、気に入ってくれたかい？」

「見た目も可愛くて、素敵な音楽も聞けて最高でした！」

「そうか。お前のために作ったものだ、喜んでもらえて私も嬉しいよ！」

優しく目を細め嬉しそうに笑いかけてくるアスターを前に、まるで初めから自身のために作ってくれていたかのような錯覚に陥りそうになって、思わず赤面する。

（きっと、気を遣ってくださったのよね）

社交界に出ていないとは言え、魔力検査の時に全く魔力がないことは露見していた。

それがアスターの耳に届いていてもおかしくはないだろう。

「リフィア、こんなところにいたんだね……って、アスター！　君は飲みすぎだ！」

オルフェンはアスターからワインボトルを取り上げると、水を持ってくるよう近くにいたコルトに指示を出す。

「やっとお前の呪いが解けたんだ。今日くらいよいであろう！　ルー、今まで苦労をかけてすまなかったな……どうかフィアと幸せになってくれ！」

酔いが回った様子のアスターは、オルフェンの手を両手で握りしめると縦にぶんぶん振っている。

「絶対だ、絶対だからな！」と叫び、今度は泣き上戸に入りそうなアスターを見て、オルフェンはなだめるように声をかけた。

「はいはいありがとう。わかったからとりあえず、放してくれ。まったく、一人でどれだけ飲んでるんだ」

この十年間、自分のせいで親友が呪いに苦しんでいる姿を見ていたアスターの苦悩は、人一倍強いものであったのだろう。

嬉しさのあまり羽目を外してしまうのも仕方ないのかもしれない。

それをオルフェンもわかっているようで、いつもより物腰が柔らかだ。

「オルフェン様、水をお持ちしました！」

お礼を言ってコルトから受け取った水を、オルフェンはアスターに渡し飲むように促す。

「殿下、大丈夫ですか？」

そこへ使用人たちと一緒にオルフェンの武勇伝話で盛り上がっていたラウルスが駆けつけ、アスターを介抱して連れ帰り、祝宴は幕を閉じた。

後日、王家から印璽の押された封書が届いた。中身を確かめると、それは国王から届いた王城への招待状だった。リフィアとオルフェン、二人揃って登城するよう書かれていた。

第3章 聖女の力

国王からの招待状が届いた日より遡ること数日。それは祝宴の翌日の朝、リフィアがマナーレッスンを受けている時のことだった。突然外の天気が悪化し、先程まで晴天だったのが嘘のように、土砂降りの激しい雨が降りだし、雷鳴まで轟き始めた。

(急に天気が変わるなんて、珍しいわね。まさか、悪魔や魔物の襲来が……!?)

心配しながら窓を眺めていると廊下から激しい足音が聞こえて、勢いよくレッスンルームの扉が開いた。

「大変よ、リフィアさん! 今すぐ一緒に来てちょうだい!」

びしょ濡れのイレーネがやってきて、「ごめんなさい、ムーア夫人。少しだけリフィアさんを借りていくわね」と連れ出された。

「イレーネ様、風邪を引いてしまいます。まずは着替えをされた方が……」

「ありがとう、大丈夫よ。今はそれよりも、あれを収めないともっと外が酷くなるわ」

あれとは何だろう? と思いながらイレーネの後を付いていくと、到着したのはオルフェンの執務室だった。

イレーネが執務室の扉を開けると、部屋中にピリピリとした空気が充満していた。

一歩でも踏み出せば全身が激しい落雷に焼かれそうな空気の中、オルフェンが通信魔導具を握りしめ怒りに震えていた。

「オルフェン様……？」

そんなところにいては怪我をしてしまう。咄嗟に伸ばした指先にピリリと痛みが走る。

「オルフェン、落ち着きなさい！　リフィアさんまで怪我をするわ！」

こちらを見たオルフェンは、ハッとした様子で魔力を制御し始めた。

部屋中の空気が元に戻り、外で激しく降っていた雨と雷がピタリと止んだ。

（外の天気にまで影響するなんて、すごい魔力だったわ。こんなにも強い魔力で、今まで呪いを抑えられていたのね……）

「リフィア、すまない！　怪我はないかい⁉」

慌ててこちらに駆け寄ってきたオルフェンに、「大丈夫です」と誤魔化しながら、火傷した指を咄嗟に背中へと隠した。

しかしオルフェンはそれを見逃さなかったようで、手を掴まれてバレてしまった。

彼は赤くなった指先に水魔法で冷たい水の輪を作ると、優しく冷やしてくれた。

「母上、すぐにロイド先生を！」

「ええ、わかったわ！」

「ありがとうございます。これくらい、すぐに治るので大丈夫ですよ！」

指先の火傷でロイドを呼ぶなんて大袈裟だと、慌ててイレーネを止める。しかし心配そうにこちらを見る二人を前に、「神聖力で治せますから！」と咄嗟に嘘をついてしまった。

神話で読んだ聖女は怪我も病気も神聖力で治すことができたはず。

二人に余計な心配をかけたくなかったリフィアは、いちかばちか挑戦してみた。

「指先の火傷よ、治癒したまえ」

リフィアの祈りが白い光となり、赤くなっていた指先に集束し、火傷が綺麗に治った。

「すごいよ、リフィア！」

「神聖力をそこまで使いこなせるようになったのね！　すごいわ！」

本当にできるとは思っていなくて、リフィア自身が内心一番驚いていた。

「は、はい。ありがとうございます。ところでオルフェン様、何があったのですか？」

これ以上この話題はまずいと、話題を変えることにした。

「実は祝宴の日、ラウルスがベロベロに酔ったアスターを連れ帰ったことで、陛下にリフィアの力のことがバレてしまったらしいんだ。それで近いうちに陛下からそのことで、招待状が届くと連絡があって……」

「私が本当に聖女の力を持っているなら、王令で世界樹を救うために、祈りを捧げなければならないということですよね？」

「そうだね。しかも今の世界樹はかなり危険な状態だから、毎日祈りを捧げるため、神殿に長期間拘束されるかもしれない……」

「世界樹を復活させることは、皆の生活を守ることに繋がります。私が祈ることでオルフェン様が少しでも危険な討伐任務に行かずに済むなら、私は喜んで祈りを捧げに行きます」

夢の中で見たオルフェンの姿が脳裏に焼き付いて離れないリフィアは、あのような惨事を起こしたくなかった。

「リフィア、僕は君に会えない生活なんて耐えられない！　もし神殿に監禁なんてされてしまったら……」

存在を確かめるかのように伸びてきたオルフェンの手に、優しく頬を撫でられた。

彼の手は微かに震えており、リフィアはそっと自身の手を重ねて熱を分け与える。

「あそこまで取り乱した貴方を見るのは、まだ魔力の扱いが不安定だった幼少期以来ね。それだけリフィアさんのことが大切なのね」

「当たり前じゃないですか！」

即答したオルフェンを見て、リフィアの心はじんわりと温かいもので満たされる。

「だからって、心配しすぎよ。そもそも神殿に軟禁されるのは、移動の時間と安全面を考慮してなのよ。オルフェン、貴方が転移魔法でリフィアさんを送り迎えして護衛していれば、神殿に泊まり込む必要も正直ないと思うわ」

「それは本当ですか、母上！」

「この国一番の最強魔術師だもの。交渉次第でどうとでもなるわよ。アレクシスもよく言ってたわ。『文句があるなら、俺を倒してから言え』と」

「確かに、剣を振りかざしながら父上はよく言ってましたね」

オルフェンは昔を懐かしむように目を細めた後、口元を微かに緩めた。その表情はどこかもの悲しそうに見える。

（確かオルフェン様は八歳の頃に、お父様を亡くしていらっしゃるのよね……）

「子どもみたいに拗ねている暇があるなら、頭を使いなさい。大賢者の称号が泣くわよ」

しんみりとした空気を払拭するように、イレーネは明るい口調でオルフェンを諭した。

「そうですね、僕より弱い護衛なんて意味がない。それをわからせてあげましょう」

「ええ、それがいいわ」

オルフェンとイレーネは黒い笑みを浮かべている。

（お父様のこと、いつかお話が聞けたらいいわね。それよりも今は……）

「イレーネ様、そろそろ着替えられた方が」

「そうね。さすがにびしょ濡れだと気持ち悪いわ」

目を丸くしながら「なぜ濡れているのですか？」と尋ねるオルフェンに、「急に豪雨を降らせた貴方のせいよ」とイレーネは軽くため息をついた。

「ああ、それはすみませんでした。少しじっとしていてください」

オルフェンは風魔法を操ると繊細なコントロールで、イレーネの濡れたドレスや髪、肌に滴る水滴、床に溜まった水の全てを一つにまとめ、手の上に大きな水玉を作った。さらにその水玉の周囲に火魔法でシールドを作り、水を全て蒸発させてしまった。

「ありがとう、さっぱりしたわ」

（そ、そんなことまでできるの⁉　オルフェン様、やっぱり規格外過ぎるわ……）

思いがけないところで国一番の魔術師のすごさを知ったリフィアだった。


祝宴から一週間後、国王に謁見するため王都へ行く日を迎えていた。

外出着のドレスに着替え、顔には化粧が施され、後は髪のセットを残すのみ。鏡台の前に座るリフィアは俯いて鏡に映る自身から目を逸らすと、ミアにとあるお願いをした。

「ミア、できれば髪は全て目立たないように、結い上げてほしいのだけど……」

「ええっ！　せっかくの美しいお髪がもったいないですよ⁉」

ミアが驚きを露わにしながら、丁寧にブラッシングしていた手を止めた。

「でも下ろしていると、帽子に収まりきらないから……」

普段屋敷の中で、リフィアは髪を下ろしていることが多い。

誰もこの白い髪を見て、偏見を持つ者はいないから。

しかし外では違う。オルフェンの隣を歩くのに、悪目立ちする白い髪を極力目立たないように隠したかった。

「旦那様が残念がるかもしれませんが……」

「オルフェン様が……？」

「はい。旦那様はリフィア様のお髪を大変気に入っておられまして、完全に結い上げているととても残念そうにされているのですよ」

「そ、そうだったの!?」

「乱れるといけないからと、伸ばしかけた手をさっとしまう旦那様の背中から漂う哀愁感といったら……！」

確かにオルフェンはよく、リフィアの頭を撫でながら髪を弄んでいる。

それは以前話した自分のお願いを叶えるためだと思っていた。しかしミアの言葉を聞いてそれだけじゃないと勇気づけられ、心が自然と軽くなる。

「ミア、やはり全て結い上げなくてもいいわ。陛下に謁見しても失礼がないように、セットをお願いしてもいいかしら？」

「はい、お任せください！」

ミアは慣れた手つきで綺麗に髪をといた後、薔薇の香油を馴染ませ全体を軽く巻いて、サイドからアーチ状に編み込んだ。仕上げに青い薔薇の髪飾りをつけ、綺麗に髪のセットをしてくれた。そうして準備が終わった頃、オルフェンがちょうど迎えに来てくれた。

「とても綺麗だ、リフィア。まるで白百合の妖精が舞い降りたのかと思ったよ」

彼はこちらを見るなり口元を緩めると、弾んだ声色で褒めてくれた。

「あ、ありがとうございます！　オルフェン様は、また仮面をつけて行かれるのですか？」

仮面を装着しているオルフェンを見て、リフィアは思わず首を傾げる。

「アスターに言われたんだよね。大々的に公表したいから冬の舞踏会まで、外では仮面をつけていてほしいって」

「そうなのですね……せっかく呪いも解けたのに、不自由ではございませんか？」

「大丈夫だよ。むしろ仮面に慣れちゃって、外して出かける方が妙に落ち着かない気もするし。あ、でも！　仮面をつけた僕の隣を歩くのは悪目立ちするし、嫌だよね……？」

恥ずかしさを誤魔化すように仮面に手を伸ばしたオルフェンは、ハッとした様子で尋ねてくる。

「オルフェン様のお隣を歩けるのは、私にとってご褒美です！」

「リフィア……ありがとう」

クロノス公爵夫人として、オルフェンの隣を堂々と歩けることは、とても誇らしいことだった。しかしあることを思い出し、心に暗い影がさす。

「私の方こそ、オルフェン様にご迷惑をおかけしないかが心配で！　やはり帽子を……」

スタンドに掛けてあるつばの広い帽子を急いで取りに走り、ぎゅっと握りしめる。

『あら、あの子が噂の魔力なし……』

八歳の時、魔力検査を行った神殿で向けられた蔑視の眼差しを思い出す。見るからに魔力がないのに、検査する必要もないだろうという周囲の貴族の視線が突き刺さり、楽しみにしていた初めての外出はリフィアにとって、とても居心地が悪いものだった。

『これでも被っておけ』

馬車を降りてすぐ、父にばさっと被せられたブカブカの大きな帽子で頭を隠した。

『私たちは魔力結晶を奉納してくるから、終わったら馬車で待ってなさい』

神官に案内され、待合室の目立たない隅っこで自分の番が来るのをひたすら待った。

（あの時、お父様もお母様も私のそばに寄り付きもされなかった）

帰りの馬車に響いたのは、結果の紙を見たお父様の大きなため息と怒声。

『立派な子を生めなくてごめんなさい』とすすり泣く、お母様の声だけだった。

「僕は好きだよ。柔らかくてサラサラで、とてもよい香りがして、ついつい触りたくなっちゃうんだ」

オルフェンは白い髪を撫でた後、一筋すくって吸い寄せられるようにキスをした。

「……っ！」

現実に引き戻されたリフィアの目前に、自身のコンプレックスである髪に愛おしそうに触れるオルフェンの姿が飛び込んでくる。

羞恥に耐えきれなくなったリフィアは、赤くなった顔を隠すべく俯いた。

「ああ！　せっかく綺麗にセットしてあったのに乱れてしまった、ごめんね！」

すくった髪を何とか元に戻そうと必死なオルフェンに、ミアが声をかける。

「旦那様、私が直しますのでお任せください」

「ミア、頼んだよ」

「はい！　リフィア様、どうぞこちらへ」

ミアに鏡台の前に座るよう促され、ドキドキと高鳴る胸を押さえつつ足早に移動した。

鏡に映った自身の姿を見ると、オルフェンが一筋すくったことで、下ろして巻いてある房が右側だけ増えてしまっていた。さらに焦った彼が無理に戻そうとこねくり回したことで、余計に房が増えてぼわんと膨らんでしまっていたようだ。

慣れた手つきでミアはささっと髪型を元通りに直してくれた。

「ありがとう、ミア」

「いえいえ！　ね、リフィア様！　私が言った通りだったでしょう？」

「ふふ、確かにそうね。勇気が出たわ、ありがとう」

こっそりと耳打ちしてくるミアに、リフィアは笑顔でお礼の言葉を返す。「ファイトです！」と鼓舞してくれるミアの存在が、心にあった暗い影を明るく照らしてくれた。

手に持っていた帽子をスタンドに戻して、ソファに座って待っていてくれたオルフェンのもとへ向かう。

「オルフェン様、帽子は置いていきます。だから……いつでも自由に触れてください」

周囲の目を気にするより、オルフェンが喜んでくれる方を優先したい。

そんな思いを込めたわけだが、大事な言葉が抜けていたことに後から気付く。

（髪をって言い忘れたわ！）

息を呑んだオルフェンの頬は、途端に赤みを増した。

「あ……えっと、その……っ！」

恥ずかしくて上手く言葉が出てこない。

狼狽えているとオルフェンの手がこちらに伸びてきて、優しく頬を撫でられた。しかし突然ハッとした様子でソファから立ち上がった彼は、そのままこちらに顔を寄せてくる。

「いいかい、リフィア。今の言葉、決して僕以外の人に言ってはダメだよ？　いいね⁉」

心配そうに仮面の奥で瞳を揺らすオルフェンに、「も、もちろんです！」とリフィアは首を縦に振った。

「外には危険が多いからね。可愛い君が攫われやしないかと、心配なんだ」

オルフェンは安心したかのようにほっと吐息を漏らした。

「だからリフィア、君に渡しておきたいものがあるんだ。左手を貸してもらえるかい？」

「はい、これでよろしいでしょうか？」

言われた通りに左手を差し出すと、オルフェンは懐から取り出した指輪を、左手の薬指に嵌めてくれた。

「結婚指輪だよ。渡すのが遅れてごめんね」

繊細な装飾の施されたプラチナで作られた結婚指輪。光に反射してキラキラと光るその指輪の表面には、メレダイヤモンドが全体を覆うように埋め込まれていた。

「どんな危険からも君の身を守れるように、宝石一つ一つに、僕が防御魔法をかけているんだ。最大限の効力を発揮するように魔力を込めていたら時間がかかってしまって、遅くなってごめんね」

「ありがとうございます。とても嬉しいです！」

オルフェンの優しい思いが詰まった指輪に、胸が幸せで包まれる。

「それじゃあ、行こうか」

差し出された手に自身の手を重ねると、オルフェンは転移魔法を唱えた。

床に魔法陣が浮かび上がり、身体がふわっと浮いたと思ったら景色が変わる。

「リフィア、大丈夫かい？」

転移の影響でふらついた身体を、オルフェンが咄嗟に腰へ手を回して支えてくれた。

「はい、ありがとうございます。わぁ……ここが王城なのですね！」

目前に広がる夜空の星々をちりばめたかのようにきらびやかに輝く美しい宮殿に、思わず感嘆のため息が漏れる。

「ヴィスタリア王国の中心地、スターライト城だよ。光魔法の使い手である王族は別名、星の使徒と呼ばれているんだ。だから至るところに星をモチーフとした装飾が施されているんだよ」

美しい景観に目を奪われていると、突如感じる浮遊感に驚き、咄嗟に近くにあるものにしがみつく。

「急に驚かせてごめんね。転移門に止まっていると危ないから、少し移動するね」

いつの間にか抱き上げられ、耳元で囁かれたオルフェンの声に、体温が急上昇する。

ゆっくりと顔を上げると、彼の首元を抱くようにしてしがみついていたことに気付く。

「い、いえ！　私こそ、すみません！　それに、その……」

(重たい私を抱えて移動するなんて、オルフェン様のご負担に……！)

「リフィアは羽のように軽いね。やっぱりもっとたくさん食べさせたいな……」

悩ましげにそうぼやきつつ、オルフェンは魔法陣の描かれた石のステージを降りて歩いていく。そのまま庭園を抜けようとする彼に、リフィアは必死に訴えかける。

「あの、オルフェン様。そろそろ自分で歩けますので……！」

まぁ！　とこちらを興味津々に観察している周囲の視線が恥ずかしくて仕方ない。

「初めは転移酔いしやすいから、遠慮することはないんだよ」

「で、ですが……！」

杖をつかないとおぼつかなかった頃のオルフェンの姿を知っているリフィアにとっては、身体に余計な負担をかけていることが心配で仕方なかった。

「大丈夫。光魔法で身体は強化してるから、リフィアを抱えて歩くくらいどうってことないよ。何なら空でも飛んで行こうか？　どうせ陛下の執務室は最上階にあるし」

そう言ってオルフェンは、スターライト城の最上階を仰ぎ見る。

「え、飛んで行くのですか⁉」

三階建てのクロノス公爵邸より高さのあるスターライト城を見上げ、思わずしがみつく手に再び力が籠る。

こちらを見て、「ふふっ、可愛いね」とオルフェンが口元を緩めていた。彼が風を操って空を飛ぼうとした時、エントランスの方から見知った声が聞こえてくる。

「おやおや、これはなかなか斬新なエスコートで来たね。空を飛んで行かれると、せっかく迎えに来た私の苦労が無になってしまうからやめてくれると嬉しいのだけど……」

アスターを視界に捉えたオルフェンは、地の底を這うような恐ろしい声で「アスター」と彼の名前を呼んだ。

「わ、悪かったよ！　何度も謝っただろう⁉　それに遅かれ早かれバレることではないか！　すこーしだけ早まっただけさ！」

「それもそうだな。上で待ってるから、アスターは歩いてくるといいよ」

「ルーの鬼！　誰でも皆、簡単に空を飛べるわけじゃないんだからね！」

「風使いの側近にでも頼めば飛べるでしょ？」

「そんな上級魔術師の側近なんて、普段からそばに控えさせているわけないでしょ！」

「仕方ないな、これでいいんだろ？」

短くため息をつくと、オルフェンは呪文を唱えてアスターに風魔法を付与させた。

「そうだよ、これこれ！」

ひゃっはーと楽しそうにアスターは空を飛んでいる。

「それじゃあ、僕たちも行こうか。リフィア、僕にしっかり掴まっていてね」

「はい、オルフェン様」

風の抵抗を極力減らし、オルフェンは魔法をかけてゆっくりと空を飛んだ。

「やはり、空から見る景色は素晴らしいね！　フィア、見てごらん」

最初は必死にしがみついていたが、アスターの楽しそうな声に促され恐る恐る目を開く。

視界に飛び込んできたのは、上空から見える星の装飾が施された美しい庭園や、その先にある活気にあふれた城下町の風景だった。

「すごいです。とても綺麗です！　世界はこんなにも、広かったんですね……！」

初めて見る空からの景色に、わくわくして心が躍る。

「どうしよう。そんな笑顔を見せられたら、このまま観光に連れて行きたくなっちゃうな」

「だ、ダメですよ、オルフェン様！　今日の目的は陛下に謁見することなんです」

「じゃあ、面倒事を終わらせた後ならいいよね。帰りに王都を見学して帰ろう？」

「はい！　とても楽しみです！」

仮面の奥で優しく目を細めたオルフェンは、最上階の中心にあるバルコニーへ着地すると、壊れ物を扱うようにそっと下ろしてくれた。

「父上、開けて〜」

アスターがバルコニーの窓を、コンコンと遠慮なくノックする。

書類に筆を走らせていた国王が手を止めて、ゆったりとした歩調で近付いてくる。アスターが歳を重ねた姿を彷彿とさせる国王は、精悍な顔を不快そうに歪めていた。

「これ！　きちんと中から来んか！」

王者としての風格を纏った国王は、そう言って容赦なくアスターの頭に拳骨を落とした。

短い悲鳴を上げたアスターは涙目で頭をさすっている。

「ご無沙汰しております、陛下。妻のリフィアと共に馳せ参じました」

オルフェンが挨拶したのに合わせて、リフィアもさっと淑女の礼を取る。

「おお、オルフェン！　それにクロノス公爵夫人もよく来てくれた！　さぁ二人とも、中でゆっくり話を……」

笑顔で迎えてくれた国王に促されて部屋に入ろうとすると、アスターが叫んだ。

「この扱いの差は何なの⁉」

さっきまでにこやかな笑みを浮かべていた国王の顔が、途端に険しくなる。

「どうせお前が空飛びたい！　と我が儘を言って、オルフェンを困らせたのだろうが！」

「なんて理不尽！」と、アスターが嘆く。

そんな彼等のやり取りを横目に、オルフェンは口元を押さえ、肩を震わせていた。

（オルフェン様、もしかして最初からそれが目的で⁉）

「違うよね、フィア！　私は無実だよね⁉」

「空を飛ぶのは怖かっただろう？　アスターの我が儘に付き合わせてごめんね、リフィア」

アスターとオルフェン、さらに国王の視線までもがこちらに飛んでくる。

これはどちらの味方をしろと⁉　と戸惑いながら、リフィアは口を開いた。

「お二人が私に気を遣って、美しい景色を見せてくださったのです。だから、その……私のせいです。お騒がせして、誠に申し訳ありませんでした！」

「なるほど。さすがは大聖女の素質を持ったお方だ。夫人はとても優しい方のようじゃな」

優しく目を細めて微笑む国王を見て、ほっと胸を撫で下ろす。誰も悪者にならなくてよかったと安心していたら、オルフェンが庇うように前に立ち、国王に頭を下げた。

「申し訳ありません、陛下。元は私が提案したことで、妻には何の非もありません」

「はっはっはっ！　仲睦まじいようで何よりだ。アスター、お前も二人を見習って早く身を固めたらどうだ？」

「ええっ！　結局私にとばっちりがくるのかい⁉」

なんかやっぱり理不尽だ……とアスターはぼやいていた。

国王の執務室から隣の応接室へと移動し、三人掛けの大きなソファに座るよう促される。

さりげなく奥の席に座るようオルフェンがエスコートしてくれて、並んで腰を下ろした。

テーブルを挟んだ向かい側には、一人掛けのソファが三つ置かれ、真ん中に国王、左側にアスターが座った。

「楽にしてくれて構わない。もうじき教皇も来るだろう」

オルフェンが顔をひきつらせて「伯父上も呼ばれているのですか⁉」と尋ねた。

「あれでも教皇だからな。世界樹の件を神殿側とも話をつけておかねばならないのだよ」

「ははっ！　ルー、さっき私を悪者にした罰だね！」

「オルフェン様、大丈夫ですか？　何だか顔色が……」

「だ、大丈夫だよ」

口ではそう言うものの、身体を硬直させているオルフェンは緊張しているように見える。

「世界樹を守っているイシス大神殿の最高指導者、つまり教皇はね、ルーの母方の伯父なんだよ」

「母方ということは、イレーネ様のご兄弟であられるのですか？」

「ああ、そうなんだ。現教皇は母の兄にあたる方で……」

リフィアの質問にオルフェンが答えていた時、バタンと勢いよく扉が開いた。神々しい祭服に身を包んだ金髪の男性が「オッルフェーン！」と勢いよくこちらに駆けてくる。

「呪いが解けたと聞いたのに、なぜまだ仮面をつけているんだい!? ほら、可愛い甥の顔をよく見せておくれ……！」

まるで子どもに接するかのように、ソファに座るオルフェンの目線の高さに合わせて教皇は膝をついて話しかける。

仮面を被っていることに心配を滲ませながら、呪いが解けたことに喜びつつ、コロコロと表情を変えるその姿は、甥が可愛くて仕方ないただの親戚の伯父にしか見えない。

「陛下の前ですよ。伯父上は本当に、相変わらずですね……」

軽く息を吐いて、オルフェンは仮面を外してみせた。

「いろいろ心配をおかけしました。妻のリフィアのおかげで、呪いは完全に解けました」

「そうか、本当によかった……！　お祝いにお前の好きなものを持ってきたんだ」

教皇は呪文を唱えると大きな兎のぬいぐるみを召喚した。

「好きだっただろう？　兎のぬいぐ……」

「伯父上！　僕はもう子どもではありません！」

「なら猫さんならどうだい？　それともクマさんの方がいいかい？　それとも……」

教皇が次々と可愛らしい動物のぬいぐるみを召喚して、辺りはぬいぐるみで埋め尽くされていく。

「そういう問題ではありません！」

顔を真っ赤に染めて拳をプルプルさせるオルフェンを見て、アスターは「くっ、あははは！」と堪えきれずに爆笑し始めた。

「教皇聖下。ルーが今好きなのは、隣に座る奥方ですよ」

アスターの言葉で、教皇の視線が勢いよくこちらへ向いた。

「ああ、なるほど！　瞳の色が気に入らなかったんだね」

教皇は再び白い兎のぬいぐるみを召喚すると、「リフィア様と同じ青い瞳にしたよ」と笑顔で差し出す。その表情は、これなら喜んでくれるだろうと期待に満ちていた。

受け取った兎のぬいぐるみを大事そうに抱え、オルフェンは散らかった床に視線を移して口を開く。

「今すぐ散らかした物を片づけてください！」

「そんな遠慮しなくて……」

「今すぐ、片づけてください！」

わかったよと、教皇はしくしく泣きながら召喚した物を元に戻していく。

「オルフェン、それは？」

彼が腕に抱える兎のぬいぐるみを見ながら、教皇が尋ねる。

「これだけは……ありがたく頂戴しておきます」

「十個に増やそうか？」

「結構です。リフィアによく似た物を消すのが、嫌なだけですから」

自分と同じ色合いの兎のぬいぐるみを大切そうに抱えるオルフェンを見て、恥ずかしさが込み上げて何だかそわそわする。

「そうか、お前もやっと大切な人を見つけたのだな」

「はい。リフィアは僕にとって自慢の妻ですから」

教皇は目の端に滲む涙を拭うとこちらに向き直って、片膝をついて深く頭を下げた。

「リフィア様、可愛い甥を救ってくれたこと、誠に感謝いたします……！」

恐れ多くてソファから床に下りて膝をつき、教皇と同じ目線の高さで話しかけた。

「教皇聖下、どうか顔をお上げください」

「今の私は教皇ではなく、オルフェンの伯父エレフィス・ルミエールとして貴女に感謝を示しております。どうかこれからも、末永く甥のことをお頼み申し上げます」

顔を上げたエレフィスはそう言って、こちらを真っ直ぐに見据えている。

「エレフィス様……もちろんです！　こちらこそ、どうぞよろしくお願いいたします」

胸に手を当て笑顔で頷くと、彼は優しく頰を緩めて再びお礼の言葉を口にした。

「あーゴホン。エレフィス、嬉しいのはわかるが、そろそろ席に着いてくれるか？」

そう促す国王に、「わかったよ」と短く返事をして教皇は立ち上がった。

「リフィアも、そんなところに座る必要はないんだよ」

慌てて立ち上がろうとしたら、スカートの裾を踏んで体勢が崩れる。前に倒れそうになった身体を、オルフェンに抱きとめられた。彼は背中と両膝の下に手を回すとそのまま横抱きにして、ソファの上に優しく下ろしてくれた。

「あ、ありがとうございます」

固く握った手を胸に押し当て、鼓動を必死に抑えながらお礼を言うと、オルフェンは自身の膝をぽんぽんと叩き、笑顔でとんでもないことを提案してきた。

「転ぶと危ないし、なんなら僕の膝の上に座っててもいいんだよ？」

「しかしこうして見ると、オルフェンは本当にアレクシスそっくりに育ったな」

「確かにそうだね。妹を猫可愛がりしていたアレクの姿を彷彿とさせるな」

微笑ましくこちらを眺めている国王とエレフィスは、彼を止める気はないようだ。

「あれからもう十七年も経つのか。それぞれの夢を目指し、互いを励まし合って過ごした幼き日々が懐かしいな」

（オルフェン様のお父様は、陛下やエレフィス様と幼い頃から親交があられたのね）

昔を懐かしむ国王とエレフィスの会話で、少しだけオルフェンの父アレクシスのことがわかった。しかしその間にも、オルフェンの誘惑は止まらない。

「ほら、遠慮することはないんだよ。おいで」

二人の会話に聞き耳を立てていたら、オルフェンの手がこちらに伸びてきて優しく頬を撫でられた。近づけられた端整な顔を前に、リフィアは思わず赤面して俯く。

「はいはい、そこまで！　役者も揃ったことだし、そろそろ本題に入りましょう。父上も教皇聖下もお忙しい身でしょうし」

（アスター殿下、助けてくださったのね……）

こちらの視線に気付いたアスターは、パチッとウィンクをして微笑んでくれた。

「そうじゃな。では改めてオルフェン、我が愚息を庇ってくれたこと、心より感謝しておる。長い間苦労をかけてすまなかった。こうしてそなたの呪いが解けたこと、誠に嬉しく思うぞ。きっと天国からそなたの父、アレクシスも喜んでいることだろう」

「もったいなきお言葉、ありがたき幸せにございます」

「そしてクロノス公爵夫人、いや、今はリフィア殿と呼ばせていただこう。そなたの中に宿った神聖力は、我が国にとってとても貴重なものだ。そこでそなたにはぜひとも、聖女の地位を授与したいと思っている」

控えていた側近に国王が「例のものをこちらへ」と命令を出し、小さな宝石箱がテーブルへと置かれた。国王が宝石箱を開けると、ユリの花をモチーフとして作られた銀色に輝く美しいバッジが入っていた。

（お腹にある痣と同じ形をしているわ……）

「これは聖女に贈られる名誉勲章。かつて大聖女の身体に刻まれていたというユリの紋様をモチーフに作られたものだ。オルフェンの持つ『黒の大賢者』と同等の権利を有する証となる」

（オルフェン様の持つ勲章と同等の権利⁉）

「この紋様、リフィアにも……」というオルフェンの呟きに、国王が驚嘆の声を上げる。

「それは誠か！　リフィア殿、そなたにはやはり大聖女となれる素質があるようだ」

「大聖女、ですか？」

「聖女の中でも特に強い神聖力を持つ者のことさ。数千年に一度現れるかどうかの貴重な存在ってことだよ。フィア、よかったらその紋様、私にも見せてくれないか？」

興味津々のアスターの願いを、「断固断る！」とオルフェンが間髪を容れず拒絶した。

「何でルーが断るんだよ！」

「ゴホン。アスター、察しなさい。血を見たいのか？」

国王の言葉でアスターは意味を理解したようで、「仕方ない、諦めるよ」と残念そうに引き下がった。安堵のため息を漏らしつつ、国王が説明を再開する。

「聖女は魔力を持てないから、特別にこのバッジだけは、高濃度の魔力結晶を加工して作られている。だから魔力をトリガーとして起動する転移門や魔導具なども使用可能になるはずだ。その他の詳しい権利についてはオルフェン、後で説明を頼んでもよいか？」

「はい、お任せください」

「リフィア殿にはこれから聖女としてイシス大神殿にしばらく滞在し、世界樹に祈りを捧げてほしいと思っている」

　しばらく滞在という言葉にオルフェンは眉根を寄せ、「陛下、よろしいでしょうか」とすかさず手を挙げ、国王に発言の許可を求めた。

「申してみよ、オルフェン」

「イシス大神殿に大切な妻を滞在させることは、許可できません。通いで十分です」

「ほぅ、理由を申してみよ」

「防衛面の心配です。聖女は悪魔にとても狙われやすい存在です。もし凶悪な悪魔が攻めて来た時に、愛する妻が攫われない保証がありますか？」

　神殿に関しては教皇が取り仕切っているため、国王の代わりにエレフィスが答えた。

「イシス大神殿には悪しき者は入れないよう強力な結界が張られている。世界樹の周辺は特に神殿騎士の警護も厚い。オルフェン、そこまで心配することは……」

「伯父上、そこに僕より強い神殿騎士はいますか？」

「それはいないが……」

「それでしたら、許可できません。万一のことがないとも限りませんし、神殿までの送り迎えは僕が転移魔法でやれば事足りるはずです。もし異論があるようでしたら、僕を倒してから仰ってください」

「くっ、はははは！　妹の誕生日に意地でも休もうとするアレクにそっくりだ！」

「やっぱりお前はアレクシスの息子だな、オルフェン！」

エレフィスと国王は懐かしい友の若かりし頃をオルフェンに重ね、腹を抱えて笑い出してしまった。ひとしきり笑った後で、国王が「その条件でよかろう」と許可を出した。

「それでは改めてリフィア殿。魔力で延命させてはいるが、世界樹の状態はあまりよいと言えぬ。どうかこのヴィスタリア王国を、オルフェンと共に支えてくれるだろうか？」

「もちろんです。私には身に余る光栄でございますが、謹んでお受けいたします」

「ありがとう、リフィア殿。今ここに、新たな聖女の誕生だ。公表についてだが、まだ聖女の存在を他国には知られたくない。ある程度世界樹の回復が見込めた頃合いにしたいと思っているのだが……」

「そうですね。妻の負担を急激に増やしたくないので、陛下の意見に賛成です」

オルフェンの意見にリフィアも同意すると、「それなら父上！」とアスターが手を挙げ

　アスターの意見に皆が頷き、半年後に開催される冬の舞踏会で公表することが決定した。

「冬の舞踏会でやるのはいかがですか？　ヴィスタリア王国で一番盛り上がるイベントですし。その時に黒の大賢者の完全復活と、聖女の誕生を大々的に発表しましょう！」

「申してみよ、アスター」

発言の許可を求めた。


　国王との謁見を済ませた後、早速世界樹に祈りを捧げるため、教皇のエレフィスと共にイシス大神殿へ移動することになった。

「名誉勲章を持っていると、色に関係なく各地にある全ての転移門が自由に使えるんだよ」

　黒い転移門を見て、オルフェンが名誉勲章の特権を教えてくれた。

　自分でこの転移門を使えることに、リフィアは心躍らせていた。

　アスターがくれた特別な魔導具は魔力がなくても扱えたものの、ほとんどの魔導具は魔力がなければ起動できない。これからは何の気兼ねもなく魔導具を扱えるのが嬉しかった。

「オルフェン様、自分で使ってみてもいいですか？」

「もちろんだよ。転移門に立って、イシス大神殿と頭の中で唱えると転移できるよ。伯父上、まずは手本を見せてあげてもらえますか？」

「ああ、任せなさい」

教皇のエレフィスが転移していくのを、食い入るように見つめる。

「僕もすぐに向かうから、使ってごらん」

「はい、やってみます！」

黒い転移門に立ち、頭の中でイシス大神殿と唱える。

聖女の名誉勲章のバッジからあふれた魔力が身体を包み込んで、転移した。

「上手くできたね」

ほっとしたのも束の間、転移する瞬間まで確かに見守ってくれていたはずのオルフェンが、なぜかもう目の前にいる。

「お、オルフェン様！　もう転移されたのですか⁉」

動揺していると、エレフィスが柔らかな笑みを浮かべて説明してくれた。

「オルフェンは転移門をただ目印として使っているだけで、どこへでも魔法で転移可能なのですよ」

「どこへでも、ですか⁉」

「ヴィスタリア王国内なら、可能だよ。他国には、勝手に入るわけにはいかないしね」

そう言って爽やかに笑うオルフェンの言葉が、許可があれば他国にも転移できると言っているように聞こえた気がした。

「ちなみにその転移魔法を扱える方は、どれくらいいらっしゃるのですか？」

うーんと顎に手を掛けて思考を巡らせた後、エレフィスが答えてくれた。

「今は王国内だと片手の指で数えられるくらいしかおりません。複数の属性の魔力を扱えないと、そもそも使えない魔法ですから」

（オルフェン様が、いろいろ規格外すぎるわ……！）

「では、世界樹のもとへ案内します」

エレフィスに案内され、イシス大神殿の奥へと進みながらリフィアは、悪魔の呪いがいかに強力なものであったのかを改めて実感した。

オルフェンが規格外な魔力で抑え込んでいたからこそ、十年間あの程度の進行で済んでいた。もし受けたのがオルフェンではなかったら、とうに命を落としていてもおかしくなかったのかもしれない。

呪いは完全に解けているとわかっていても、想像すると怖くなって、隣を歩くオルフェンの右手を思わず掴んでいた。

（よかった、きちんと温かい……）

「リフィアの力があれば、きっと大丈夫だよ」

耳元でそう囁かれ、オルフェンが優しく手を握り返してくれた。どうやら世界樹を復活させられるか不安に感じていると思われたらしい。

（私はきっと、聖女には向いていないわね……）

心の中で苦笑いが漏れる。王国を救うために、世界樹を復活させたいわけじゃない。繋いだこの手をいつまでも放したくないから、世界樹に祈りを捧げるだなんて。私欲に満ちた罰当たりな聖女に違いない。それでも――。

(強い想いが神聖力の源になるというのなら……オルフェン様への想い以上に、私が込められるものはないわ)

「はい、頑張ります！」

教皇の執務室にある仕掛け扉から、地下へと向かう螺旋階段を下りる。最下層に着くと、結界の中に痩せ細った大きな世界樹の姿があった。枝には葉が数枚、かろうじてついているような状態だ。風でも吹けば今にも全て落ちてしまうだろう。

「以前より、葉の数が減っているね」

世界樹を見て、オルフェンが眉間に皺を寄せる。

「魔力で延命措置を続けていても、完全に防げるものではないからね。魔力の供給を止めれば、すぐにでも朽ち果ててしまうだろう。リフィア様、どうか世界樹をお救いください」

「やれるだけのことはやってみます！　あの、エレフィス様。直接触れると効果が高まるのですが、触れてもかまいませんか？」

「ええ、もちろんです」

世界樹に歩み寄り、痩せ細った幹にそっと触れる。氷のように冷たいその表皮に驚くも、それだけ長い期間無理をしてこの国を守ってくれていたのだろう。

（私たちの幸せの裏で、世界樹様は独りでずっと傷付いていたのね……つらかったよね、ごめんなさい）

別邸に隔離されて過ごした孤独な日々を、リフィアは世界樹に重ねていた。

「ヴィスタリア王国の礎として、多くの人々の幸せを守り続けてくれたこと、心より感謝します」

世界樹が今まで頑張ってくれたから、幸せを掴むことができた。最愛の人に出会わせてくれた深い感謝を込めると、リフィアの身体から神聖力があふれだす。

（これからは私が会いに来るわ。だからどうか少しでも、世界樹様の孤独や傷が癒えますように……！）

リフィアの祈りに呼応して、神聖力が世界樹を包み込み、生命が漲っていく。

痩せ細っていた幹は立派な大木へと変わり、緑の葉っぱが生い茂った。

『また会いに来てね。約束よ』

さわさわと葉を揺らす世界樹から、声が聞こえた気がした。

「あぁ！　素晴らしい！」

緑を取り戻した世界樹を前に、エレフィスが興奮気味に叫んだ。

「すごいよ、リフィア！」

感極まった様子のオルフェンに後ろから抱き締められ、何とか世界樹を救えたことを改めて実感した。立派に青々と生い茂る世界樹を見上げ、ほっと安堵の息が漏れる。

(本当によかった……)

定期的に祈りを捧げに通うことを約束して、イシス大神殿を後にした。

「用事も全て終わったことだし、王都を観光して帰ろうか」

「はい、楽しみです!」

転ぶといけないからとオルフェンに腰を抱き寄せられ、王都の中央広場に設置された中級転移門へとワープした。

広場を見渡すと楽器を演奏したり、歌ったり踊ったりなど、それぞれの得意な芸を披露している者たちが目に入る。少し離れた場所には露店があり、アクセサリー類の小物や絵画、本や工芸品の他に食べ物や飲み物など、さまざまなものを販売しているようだ。

「オルフェン様、これがお祭りというものでしょうか?」

目の前の光景にうきうきしながら尋ねると、オルフェンは口元を緩めて答えてくれた。

「このムーンライト広場は、王都の中でも一番活気のある場所でね、毎日こんな感じだよ」

「いつもこんなに賑やかなイベントが行われているのですか⁉」

「うん。ここはヴィスタリア王国の流行の発信源とも言われている場所でね。色んな道の職人や芸術家たちが、こぞって自身の力作を披露したり販売したりする場所なんだよ」

「だからこんなに賑やかなのですね！」

「ここに来れば、リフィアの好きなものが見つかるかもしれないと思ってね」

「初めて見るものばかりで、とてもわくわくします！」

「ゆっくり見て回ろうか」

差し出されたオルフェンの手を、喜んで掴んで歩く。目に映るもの全てが珍しく、「見てください、オルフェン様！」とはしゃぐリフィアに、オルフェンは優しく相槌を打っていろいろ説明してくれた。

「とても素敵な音色が流れるあの箱は、何という楽器なのでしょうか？」

リフィアの視線の先には、箱に付いたハンドルをぐるぐる回して陽気な音楽を奏でている大道芸人の姿がある。

「あれは手回しオルガンだね。ハンドルを回して空気を送ることで、あのパイプから音を鳴らしているんだよ。リフィアはもしかして、音楽を聞くのが好き？」

「はい！　美しい音色に耳を傾けていると、幸せな気持ちになります」

（アスター殿下にいただいた照明魔導具も、美しい音楽が流れて素敵だった）

「確か初めて会った舞踏会の夜も、楽しそうに音楽に耳を傾けていたね」

「あ、あの時は！　その……」

「嬉しそうに微笑む君の横顔がとても綺麗だった。少しでも長くその笑顔が続けばいいなって、気がついたらあんなことをしていて……走って逃げられたらどうしようかと、実は内心ひやひやしていたんだ」

「そうだったのですか!?」

オルフェンは恥ずかしそうに口元に手をやり頷いた。

「あの時は、とても嬉しかったです。こうしてオルフェン様と一緒にいられることが、本当に奇跡のようで幸せです！」

「僕もだよ。そうだ、せっかくだからオルゴールでも買っていこうか」

「オルゴールとは？」

首を傾げると、オルフェンが優しく微笑んで答えてくれる。

「ネジを回すと、巻いた分だけ音楽が鳴るんだ。鈴が鳴っているように独特で美しい音色をしているから、アスターの作った魔導具とはまた違った音色を楽しめるよ。工房系の露店エリアに行ってみよう」

その時、反対側のステージから少年の元気な呼び声が聞こえてきた。

「さぁ、皆様！　寄ってらっしゃい、見てらっしゃい！　今から特別に、天才音楽家ファルザンの即興生演奏会を始めるよー！　告知や宣伝は一切なし、この場に訪れたお客様のためだけに贈る特別演奏だよー！」

ハーフパンツのタキシードに身を包んだ銀髪の少年が、シルクハットを振りながらステージの前で告知をしている姿が目についた。

「どうしたんだい？　リフィア」

「あちらでミアの好きな音楽家、ファルザン様の即興生演奏会があるみたいで」

「珍しいね。よかったら聞いていこうか」

オルフェンの提案を快諾して生演奏会を聞きに向かうと、会場にはすでに多くの人が詰め掛けていた。周囲に大歓声が沸き起こる中、タキシードに身を包んだ水色の長髪の男性がヴァイオリンを片手に姿を現した。凛々しい顔立ちをした見目麗しい壮年の男性で、彼が会釈をしてステージを闊歩すると、会場中が色めき立った。

「きゃー、ファルザン様！　素敵！」

「生で聞けるなんて最高です！」

（すごい人気だわ。オルフェン様とはぐれないようにしなきゃ）

自然と繋いだ手に力が入る。するとオルフェンもぎゅっと握り返してくれて、嬉しくて鼓動が高鳴るのを感じた。

「皆様、お集まりいただきありがとうございます。ぜひ最後まで楽しんでいってください」

優雅に一礼すると、ファルザンはヴァイオリンを構えて演奏を始めた。

これが即興だなんて、信じられない。それくらい完成度の高い演奏で、惹きつけられる旋律に皆もうっとりと耳を傾けている。

（なんて澄んだ音色なのかしら……）

まるで森の湖畔を散歩しているかのような爽やかな曲調から、ピンと張り詰めた緊迫感のある曲調へ変わる。そこから激しい対立をイメージさせる情熱的な曲調を経て、平和を取り戻したかのような優しい曲調へと変化して幕を閉じた。

「皆様、ありがとうございました」とファルザンは頭を下げ、大勢の拍手に応えていた。

「いただいたチップは全てサウス村の復興費用に使わせていただきます！」

そう言ってステージの前では、告知をしていた付き人の少年がシルクハットを両手で抱え、観客からチップをもらっては頭を下げてお礼を伝えていた。

「素敵な演奏をありがとう」

オルフェンが懐から取り出した金貨を数枚入れると、「わぁ、ありがとうございます！」と少年は人懐っこい笑みを浮かべてお礼を述べた。

「とてもよかったです！　素敵な演奏をありがとうございました」

リフィアが少年に声をかけた時、「メア、そろそろ行こうか」と、遠くから呼び掛けてくる男性の声が聞こえてきた。「はーい、ファルザン様！」と返事をした少年は、「お伝えしておきますね、ありがとうございました！」と人懐っこい笑顔を残して踵を返した。

少年と別れ、目的のオルゴールを売る露店へ移動すると、聞き覚えのある声が耳に飛び込んでくる。

「もっとマシなものはありませんの？」

「申し訳ありません。今日はこちらの新作しかご用意できておりません」

「新作って、代わり映えのしないものばかりじゃない。値段にも見合っておりませんし、だから全然売れてないのね」

露店に並べられたオルゴールは、どれも一点もののようだ。

可愛いものから美しいデザインのものまで、多種多様に並んでいる。

そんな素晴らしい品々を見て店主に毒舌を吐いている赤い髪の令嬢は、どう見てもエヴァン伯爵家を出て以来、一度も会っていない妹のセピアだった。

「仕方ないから私が……」

「セピアじゃない！　会えて嬉しいわ！　ここで何をしているの？」

リフィアが呼び掛けると、セピアはこちらを見て「お姉様⁉」と驚いた声を上げる。

隣にいるオルフェンを見てさらにぎょっとした顔になるものの、淑女らしくすぐに表情を戻して答えてくれた。

「こ、こ……しゃと一緒に買い物に来ただけよ。お姉様は……クロノス公爵様とご一緒なのね。お、お元気そうでなによりですわ」

(誰と一緒に来たのか、早口でよく聞き取れなかったわ……)

「気にかけてくれてありがとう。そう言ってもらえてとても嬉しいわ」

笑顔でお礼を言うと、セピアは「本当に相変わらずですわね」と視線を泳がせた後、顔ごと視線を背けてしまった。

「セピアは元気にしてた？　あれから家の方は大丈夫？　もし何か私にできることがあるなら……」

「何も変わりありません。お姉様に心配していただくことはございませんわ」

何か力になれるならとかけた言葉は、ツンと素っ気なく返されてしまった。

「そう、それならよかったわ」

（今さらお姉ちゃん面されても、セピアには迷惑なだけなのかもしれない……）

気持ちを切り替えて、リフィアは身を翻して妹を紹介した。

「オルフェン様、こちらは妹のセピアです」

セピアは形式的に淑女の礼を取り、「セピア・エヴァンと申します」と挨拶をした。

「オルフェン・クロノスだ」

挨拶が済むと、オルフェンはセピアの後ろの店主に声をかけた。

「店主、ここにある商品を全て買おう。後程クロノス公爵家まで送ってくれ」

大量の金貨と輸送用の転移結晶を台に置くオルフェンに、「よ、よろしいのですか⁉」と聞き返す店主の声は、驚きで震えている。

「細部までこだわった美しい仕上がりが素晴らしいのはもちろんだが、新作なら全て違う曲が流れるのだろう？」

「ええ、もちろんです！　天才音楽家ファルザンの未発表曲もあります！　ここに並べてある幻想夜シリーズがそうなんです」

そう言って店主は、頑丈そうなクリアケースの中に飾られたオルゴールに手を向ける。

「なっ！　あの天才音楽家の未発表曲ですって⁉」

オルゴールを見てセピアが驚いた声を上げた。店主がクリアケースの鍵を開けて、真ん中に置いていた月の装飾が美しいオルゴールを取り出す。視聴用の台座に置いてネジを回すと、神秘的な旋律の澄んだ音色が流れ始めた。

（美しい夜空の情景が浮かんでくるようだわ。先程の即興演奏も素敵だったし、私もファルザン様のファンになりそう）

その時、セピアが楽しそうに瞳を輝かせてオルゴールの音色に耳を傾けている姿が目についた。久しぶりに見ることができたセピアの笑顔が嬉しくて眺めていたら、彼女はこちらに気付き、さっとオルゴールから視線を逸らしてしまった。

「素晴らしいね、やはり全部買おう！」

「オルフェン様、さすがに全ては買いすぎでは……」

「そんなことはないよ。リフィアの好きなものは何でも集めたいからね。せっかくだしオルゴール部屋でも作って、世界中のオルゴールを集めようか」

「そ、それこそやりすぎです！」

「ははっ、全然足りないくらいだよ」

こちらを見て、悔しそうに唇を噛むセピアの姿が視界に入り、慌てて否定する。

「それにオルゴールはセピアが先に見ていたのです。全て買い占めてしまっては……」

「確かにそうだね。それなら彼女にも一つプレゼントしよう。これならどうかな？」

「よろしいのですか!?」

もちろんだよと頷くオルフェンにお礼を言って、リフィアはセピアに声をかけた。

「さっきの曲、気に入ったんでしょう？　セピア、よかったらもらってくれると嬉しいわ」

セピアは目を丸くし、「どうして、わかったのですか」と驚きの声を漏らした。

「楽しそうに聞いていたから。それにセピアは昔から、感情がバレそうになると目を逸らす癖があったでしょ？」

「そ、それは！　エヴァン伯爵家の令嬢として、他人に隙を見せないためですわ！　決してそのような……！」

顔を真っ赤に染めながら否定するセピアに、リフィアはにっこりと笑みを浮かべる。

「私たちは家族でしょ？　隙を見せてもいいじゃない」

リフィアの後ろではオルフェンが、「まずはこれから頼む。贈答用に包んでくれ」と、視聴用の台座にあるオルゴールに目を向けながら店主に声をかけていた。

「かしこまりました」と返事をした店主は、オルゴールを丁寧に箱に詰めて贈答用として美しく包装してくれた。お礼を言ってオルゴールを受け取ったリフィアは、それをセピアに差し出した。

「リフィアの言う通りだ。どうか遠慮せずに受け取ってくれ」

なかなか手を出さないセピアに、オルフェンは彼女が受け取りやすいよう促した。

「ありがとう、ございます」

受け取ったオルゴールを、セピアは嬉しそうに胸に抱いた。

「せっかくだから未来の義弟にも挨拶をしておきたいのだが、君の婚約者は今どちらへ？」

「婚約者!?　まぁ、セピアは婚約者と一緒に買い物に来ていたのね！」

「さっき言ったじゃないですか！　もう、お姉様は相変わらず抜けてますのね！」と捲し立てるように言うセピアの頬は赤く染まっていて、リフィアはそれを微笑ましく見ていた。

恥ずかしそうにゴホンと咳払いをして、彼女は言葉を続ける。

「こ、婚約者は急ぎの仕事ができたので、今は少し別行動をしていますの」

「そうか、それは残念だ」

「セピア、本当におめでとう！」

「ありがとうございます。とても素敵な方との縁談が纏まったのよ。お姉様にもぜひ、紹介してあげたいわ」と、優越感に浸った様子で、セピアは含み笑いを浮かべている。

「まぁ、それは楽しみね！」

「リフィア、君はもう会ったことがあるはずだよ」

「え、そうなのですか？」

（なぜオルフェン様がご存じなのかしら？）

そんなリフィアの疑問は、セピアの背後から現れた男性を見てすぐに解決した。

「エヴァン伯爵令嬢、待たせてすまない」

「いいえ、ラウルス様。どうかお気になさらないでください。私は……」

「オルフェン様！ それに夫人も！ こんなところでお会いできるなんてとても光栄です！ 先日は突然押し掛けたにもかかわらず、ありがとうございました」

セピアの言葉を遮って、ラウルスはこちらへ駆け寄って来た。驚愕した様子で、セピアはラウルスを見つめていた。

「やぁ、ラウルス。エヴァン伯爵令嬢と婚約したんだってね。おめでとう」

「そうなんですよ。オルフェン様の義弟になれるなんて、とても幸せです！ 夫人もこれからどうかよろしくお願いします！」

「ラウルス様がセピアの婚約者でしたのね。こちらこそ、どうぞよろしくお願いします」

楽しく談笑するこちらを見て、セピアは狼狽えながらラウルスに問いかけた。

「あの、ラウルス様……姉をご存じなのですか？ それに、クロノス公爵様ともお知り合いなのですか？」

「オルフェン様は俺を魔術師団の団長に任命してくださった、かつての上司だよ。子どもの頃からお世話になっていて、とても尊敬している先輩でもある」

「そ、そうだったのですね……でもラウルス様。その、あまりクロノス公爵様に近寄られては、呪いがうつってしまいますわ……」

セピアのその発言で、ラウルスの目がスッと鋭く細められた。

「君は何て失礼なことを言っているんだ！」

「で、ですが……私はラウルス様の身を案じて……！」

「オルフェン様、誠に申し訳ありません！」

「まぁまぁ、ラウルス。君の身を案じてくれる優しい婚約者ではないか。そう怒るものではないさ」

「ですが！」と、ラウルスは歯痒そうに顔を歪めながら口を結んだ。

「愛する妻の妹の前で、仮面をつけたまま挨拶した僕の落ち度だよ」

オルフェンはそう言って仮面を外してみせた。

セピアは素顔のオルフェンを見て、そのあまりの美しさに思わずハッと息を呑んでいた。

「これから話すことは、妻の妹である君を信頼して話すことだ。正式な発表があるまでは、他言しないでくれると助かるよ」

再び仮面を装着するオルフェンに、セピアは「もちろんですわ！」と首を縦に振る。

「ありがとう、エヴァン伯爵令嬢。君の優秀な姉君のおかげで、僕の呪いは完全に解けたよ。君にはぜひ、感謝の言葉を伝えたいと思っていたんだ」

「い、いえ、滅相もございませんわ！」

先程までの邪険にした態度とはうってかわって、セピアの声色が急に高くなった。

「君がリフィアの食事に悪戯をしてくれたおかげで、妻は聖女としての力に目覚めたんだ。結果的にそのおかげで僕の呪いは解けた。礼を言うよ、ありがとう」

「夫人の食事に悪戯を？」

怪訝そうに眉をひそめ、ラウルスがセピアに尋ねた。

「そ、そのようなことは……」と、途端にセピアの顔が青ざめる。

「セピアは毎日私のために食事を用意してくれました。だからとても感謝しているんです」

「そうそう、特別に古く、しなびたものをね」

付け加えられたオルフェンの言葉に、ラウルスはさらに顔を険しくさせる。

「古くしなびた食事!?　そんなものを用意していたというのか!?」

「誠に遺憾な行為ではあるが、そのおかげでリフィアは神聖力に目覚めたし、僕は救われた。だから感謝しているのだよ、どうもありがとう」

オルフェンは爽やかな笑みを浮かべてお礼を述べる。しかし目の奥は笑っていなかった。

「ち、違うのです、ラウルス様！　隔離された姉の別邸まで食事を運ぶのに少し冷めてしまっただけで、私は決してそのようなことは……」

「隔離……？　なぜそのようなことを!?」

弁明を重ねれば重ねるほどボロが出る。セピアは「そ、それは……」と言葉に詰まり、何も言えず俯いてしまった。険悪な空気を何とかしたくて、リフィアはセピアの前に立ち、ラウルスに訴えかけた。

「私が魔力を全く持っていなかったからです。セピアのせいではありませんわ」

こちらを見て、ラウルスは何かを悟ったようで、悲しそうに目を伏せる。

「俺はフレアガーデン侯爵家の三男として生まれ、魔力の扱いが下手で、厄介払いされるように魔術師団に入団させられました。そんな俺に魔力の扱い方を教えて才能を開花させてくれたのが、オルフェン様でした。だからオルフェン様にはとても感謝しているし、夫人の置かれた境遇にも少なからず共感できます」

（ラウルス様がオルフェン様を過度に尊敬していらっしゃるのは、そのためだったのね）

「君には失望したよ、エヴァン伯爵令嬢。今日はもう解散にしよう」

鋭い視線を投げ掛けるラウルスに、セピアは焦ったように取り繕う。

「そ、そんな！　ラウルス様……！」

「お見苦しいところをお見せして申し訳ありません。今日は失礼させていただきます」

ラウルスはこちらに一礼すると、セピアに目をくれることもなくその場を後にした。

そんなラウルスをセピアは「違うんです！　誤解なんです！」と慌てて追いかけていってしまった。

素敵なオルゴールを買ってもらって嬉しいはずなのに、心が晴れない。

どこか上の空なリフィアの様子を心配してか、「少し休憩しようか」とオルフェンは近くのカフェに寄ってくれた。

奥の個室に案内され、一息つく。テーブルの上には豪華なケーキスタンドが置かれ、二人では到底食べきれないスイーツが載っている。

温かなミルクティーを口に含み喉を潤した後、向かいに座るオルフェンに尋ねた。

「オルフェン様。全てご存じだったのですか？」

「この前アスターを城まで送った時に、少し話を聞いていたから知っていたんだ」

「そうだったのですね」

「ごめんね、先に話しておけばよかったね。まさか出先で遭遇するとは夢にも思わなくて……リフィアにつらい記憶を思い出させてしまうんじゃないかって、言えなかったんだ」

隔離されてからセピアが持ってきてくれた最初の食事は、確かに酷いものだった。それが一週間も続けば、さすがに気付く。

それでも孤独だったリフィアにとって妹とのそんな触れ合いは、唯一孤独から解放され

る瞬間でもあったし、母との一件があって以降、きちんとした食事が規則正しく届くようにもなった。それはセピアが働きかけてくれたおかげだと、思っている。

(好きの反対は無関心って、本に書いてあったわね)

どんなものであれ、妹が自分のことを気にかけて用意してくれた。両親に見放されたリフィアには、そうして妹が自分という存在を忘れずにいてくれたことが嬉しかった。

「気遣ってくださったのですね、ありがとうございます。あの、ラウルス様は大丈夫でしょうか……」

あんな形で二人の仲を引き裂くことになってしまい、リフィアは心苦しく思っていた。

「ラウルスは人一倍、そういう卑怯なやり方が嫌いな男なんだ。だから知らないまま結婚しても、絶対にうまくいかないと思ってね。とはいえ本人がいないところで陰口のようなことは言いたくないし、どうしようかと思っていたからちょうどよかったよ」

セピアに対しオルフェンは建前上、事実とお礼しか述べていない。

それをどう解釈するかは、ラウルス次第になるだろう。

「僕は正直、君に酷い扱いをしてきたエヴァン伯爵家の者たちをあまり好きにはなれない。リフィアの食が細いのは、長年受けたその嫌がらせのせいでしょ？　それを行った者も、見て見ぬふりをした者も、気にも留めなかった者も、皆同罪だよ」

オルフェンの紫色の瞳には、怒気が色濃く見てとれる。

「私のために、怒ってくださっているのですね。ありがとうございます」

「リフィアは、憎いとは思わないの？　君が望むなら、僕が制裁を加えたいくらいだよ」

「私は……」

思わず言葉に詰まった。そう問われて初めて気付いた。

寂しさや悲しさは感じても、不思議と一度も家族に対して、怒ったこともなければ、憎いと思ったこともないことに。それを当たり前のことなんだと受け止めてきた。

（怒るって、どういう時に沸き起こる感情なの……？）

人の怒る姿や苛立つ姿は家族や使用人を通して何度も見てきたから、相手の話し方や表情を見ればわかる。しかしそれを自分に当てはめた時に、リフィアには怒りの感情が途端にわからなくなった。

（一体どうして……？）

蠟燭に火を灯した瞬間、冷たい水を浴びせられ消火されたかのように、怒りの感情だけがすっと消える感覚に奇妙な違和感を抱く。

「リフィア、顔色が……ごめんね。優しい君にこんなこと、聞くべきじゃなかったね」

「いえ、違うんです！　その……怒り方がわからなくて。だから何と答えたらいいのかも、わからなくて……」

ティーカップに触れる手がカタカタと震える。

戸惑いながら気持ちを吐露すると、オルフェンは悲しそうに表情を歪めていた。

「リフィア、君は僕にとって何よりも大切な存在なんだ」

震える手を包み込むように、オルフェンが手を添えてくれた。

顔を上げると、不安を溶かすような優しい笑みを浮かべて、彼は言葉を続けた。

「この世に生まれてきてくれてありがとう。僕に出会ってくれて、こうしてそばにいてくれてありがとう」

心のどこかで、自分は生まれてきてはいけない存在だったのではないかと思っていた。

周囲を不幸にするだけで、要らない存在でしかないんじゃないかと。

そんな不安を、オルフェンは温かく包み込んで和らげてくれた。

必要とされていることが嬉しくて、胸がいっぱいに詰まったように苦しい。

気が付けばポロポロと涙がこぼれ落ちていた。

「ありがとうございます、オルフェン様……っ！」

「ああ、そんなに乱暴に擦ってはいけないよ」

オルフェンは慌てて席を立つと、隣に座りポケットから白いハンカチを取り出した。

「せっかくの綺麗な肌に傷がついてしまったら大変だ」

心配そうに顔を覗き込まれ、壊れ物に触れるかのように優しく涙を拭われた。

「理不尽だと感じたら、怒っていいんだ。我慢する必要なんてないんだよ。何があっても必ず、僕が君を守るから」

（理不尽だと感じたら怒る。それが、怒りの感情……）

家族や使用人に冷遇されていたのは事実だ。

それを理不尽と感じられるほど、当時の自分はそれ以上の幸せを知らなかった。

今になって過去のことを思い返しても、不遇があったからこそ、こうして幸せを感じることができる。そう考えるとやはりリフィアにとっては、感謝の気持ちの方が強かった。

「オルフェン様。私は過去より、これからの未来を大切にしたいです。誰かを恨むより、大切な人たちのことを考えて過ごす方が楽しいし、幸せだと思うので……先程の質問の答えに、なるでしょうか？」

（できることなら、もう一度セピアときちんと話がしたい）

「もちろんだよ。リフィアが幸せであること。ある意味それがエヴァン伯爵家にとっては、一番悔しいことだろうしね」

「一番悔しいこと？」

「彼等は君の価値を見誤り手放した。逃したものが大きければ大きいほど、人は後悔をするものだからね。聖女として目覚めたと知り、どんな反応をしてくるか楽しみだね」

くつくつと喉を鳴らして笑うオルフェンは、とても楽しそうに見えた。

その頃、ムーンライト広場の外れでは——。

「いつまで付いてくるつもりだ？　今日は解散にしようと言ったはずだが？」

必死にラウルスの後を追いかけると、立ち止まり振り返った彼は冷たくそう言い放った。

「どうか話を聞いてください、ラウルス様！　私は……」

「この婚約は火属性の派閥の力を弱めないため、エヴァン伯爵家に婿入りしろと父が勝手に決めたことだ」

「それは、存じております。ですが私は、ずっと貴方に憧れていて……」

「俺はたった今、君に失望したばかりだが？」と間髪を容れずに否定され、「誠に、申し訳ありません……！」と、セピアは深く頭を下げることしかできなかった。

「謝る相手を間違っているのではないか？　俺はそういう卑怯なやり方で、他者を踏みにじるような奴が一番嫌いだ。この婚約は白紙に戻してもらう」

「ですがラウルス様と言えど、フレアガーデン侯爵様のお決めになった婚約を勝手に白紙に戻すなどできないのでは……」

「侯爵子息の地位を捨てればいいだけだ。魔法騎士として、俺は国に忠誠を捧げて生きる。

格下の騎士爵しか持たない俺には、興味がないだろう？　話はこれで終わりだ」

踵を返してラウルスは歩き出す。

エヴァン伯爵家の跡取りとして、少しでも格式高い優秀な血筋の婿を取る必要のあるセピアには、それ以上すがって追いかけることができなかった。

セピアにとって、ラウルスは憧れであり初恋の人でもあった。

十歳の時、街で悪漢に絡まれ誘拐されそうになったのを助けてくれたのがラウルスだった。当時十六歳だったラウルスは、王国魔術師団に所属していた。非番だった彼は街で買い物を済ませた後、攫われようとしているセピアを偶然目撃し、助けてくれた。

無数の赤い炎の蝶を召喚して華麗に操り、悪漢を次々と倒していくラウルスはまさに英雄のようだった。

（かっこいい……）

同じ火魔法の使い手であるからこそ、彼が火魔法を繊細に操る技術力がどれだけ優れているか、セピアにはよくわかった。

『怪我はありませんか？』

ラウルスにそう問いかけられ、助かったのだと自覚したら、堪えていた涙があふれてくる。ポロポロと頬に滴を伝わせるセピアに、『もう大丈夫だよ』と彼は優しく声をかけ、ハンカチで涙を拭ってくれた。

駆けつけてきた従者に引き渡すと、彼は名乗らずに『当たり前のことをしただけですから』とその場を去った。

いろいろ調べて彼が王国魔術師団に所属するラウルスだったと知った。

尊敬や憧れが淡い恋心に変わるのにそう月日はかからなくて、ラウルスとの婚約が決まった時は天にも昇るほど嬉しかった。

ヴィスタリア王国には火、水、風、土、雷属性の五大元素を扱う貴族ごとに派閥がある。

大抵は派閥の力を強めるために、同属性同士で結婚するのが一般的だ。

エヴァン伯爵家には、跡を継ぐ者がセピアしかいないため、同属性の派閥から婿を取る必要があった。

多少年は離れているものの、強い魔力を持つ格式高いフレアガーデン侯爵家の三男であるラウルスはまさに適任。エヴァン伯爵が何度もフレアガーデン侯爵にお伺いを立て、やっと成り立った婚約だった。

それがまさか、こんな形で婚約を解消されることになるなんて……あまりのショックにどうやって帰ってきたのか、よく覚えていない。

「セピア！　セピアはどこだ！」

ラウルスに嫌われたんだと嫌でも自覚させられたのは数日後、血相を変えて帰ってきた父の慌てた声を聞いてからだった。

父であるエヴァン伯爵セルジオスの執務室に呼ばれたセピアは、鬼の形相をした父に問い詰められていた。

「婚約を白紙に戻すと、先程フレアガーデン侯爵から通達を受けた。セピア、お前は一体何をしたのだ!?」

「先日、ラウルス様とお出かけした時に、ムーンライト広場でお姉様とクロノス公爵様にお会いしまして、その……」

「呪われた仮面公爵がリフィアと一緒に出歩いていただと!?　かなり衰弱していると聞いていたが、そんな馬鹿な……」

「お姉様の看病のおかげで、体調がよいらしいのですわ」

オルフェンに聖女の力については他言無用だと言われたことを思い出し、セピアはわざと言葉を濁した。

「街中を出歩けるほど回復しているとは……まさかリフィアには、何か特別な力でも宿っていたのか!?」

「そ、そこまでは知りませんが、クロノス公爵様は元気そうでしたわ」

「くそ!　そんな力があるとわかっていれば、嫁になど出さなかったものを……!」

セルジオスは悔しそうにバンと机に拳を打ち付ける。

「セルジオス様。私と貴方の子どもだもの、やはり特別な力を持った子でしたのね！」

アマリアは嬉しそうに頬を緩めている。

恍惚とした眼差しを父に向ける母の様子を見て、セピアは内心大きなため息をついた。

母の婚約者は元々父の兄にあたる人だったらしいが、その人が横領の罪を犯して伯爵家を追放されてしまい、婚約は破談になってしまった。そんな時に父が熱烈なプロポーズをしてくれたらしいが、母から聞いたその話がセピアは到底信じられなかった。

何よりも父が優先であるベタ惚れの母に対して、父は心底興味がなさそうに見えたから。冷徹な父のこと、政略結婚の体裁を保つためにわざと演じてやったとしか思えない。

「セバスチャン、至急リフィアの力について調査を進めよ」

「はっ、かしこまりました」

控えていた執事のセバスチャンは頭を下げると、部屋を退出した。

「セピア、優秀な血筋を残すのは跡取りとしてお前の絶対的な使命だ。何をしてでも、必ず成し遂げねばならぬ」

「もちろん、心得ております」

セルジオスは机の引き出しから赤い液体の入った小瓶を取り出した。

「既成事実さえ作れば、あちらは断れないはずだ。これは最終手段だ。何をすべきか、わかっているな？」

「……………はい。最善を尽くします」

自室に戻ったセピアは、悲しみのあまり寝台にくずおれた。

これを使って、無理やりにでもラウルスと関係を持てと父は言ったのだ。

そこに愛情はない。ただ優秀な遺伝子を持つ子孫がほしいだけの言葉だった。

「ははは、ほんと笑えるわ……罰が当たったのかしらね……」

跡取りを生む道具としてしか見られていないことは、最初からわかっていたのに。冷遇されている姉よりはマシだと、いつも優越感に浸っていた。そんなちっぽけな自分はどうしたって、ラウルスには相応しくないと思い知らされた気分だった。

(もしあの手紙の内容が真実だとしたら、お父様はどうするのかしらね……)

チェストの奥深くに隠しておいた手紙を取り出す。

子どもの頃に届いた不審な手紙。そこにはこう書かれていた。

『お前はセルジオス・エヴァンの娘ではない』

父にベタ惚れの母がそんな不義を働くわけがない。それに見た目だって両親にそっくりだ。父譲りの赤い髪に、母譲りの赤い瞳を持つ自分が、不義の子であるわけがない。

姉と送り先を間違えた、使用人の悪戯だろう。そう思いつつも、もしそれが事実だったとしたら……そんな一抹の不安を拭えなかったのは、父が自身の血を継ぐ子孫を残すことに何よりも固執しているせいだった。

(お姉様にあんな悪戯をしたのだって、元はこの手紙に踊らされたせいだったわね……)

「もしこれを使えば、ラウルス様は一生私のことを軽蔑されるでしょうね」

それだけじゃない。彼の魔法騎士としての誇りや名誉まで汚してしまうことになる。

「ラウルス様……」

小瓶をぎゅっと握りしめ、セピアは静かに涙を頬に伝わせた。

国王との謁見から一週間後。世界樹に祈りを捧げるため、リフィアはオルフェンと共にイシス大神殿を訪れていた。

「伯父上。僕が迎えに来るまでリフィアのこと、くれぐれもよろしくお願いします」

「もちろんだ。優秀な神殿騎士を護衛につけるし、神殿内の一番安全な部屋をリフィア様専用に準備してある。たとえ魔王だろうと近寄れないから安心してくれ」

「オルフェン様。お仕事もあるのに、お手数をおかけして申し訳ありません」

本来ならイシス大神殿にしばらく滞在して祈りを捧げなければならないのだが、オルフェンの直談判により通いでよくなった。

その分オルフェンに負担をかけてしまい、心苦しく思っていた。

「僕がやりたいからやっているんだ。何も気にする必要はないんだよ」

「そうですよ、リフィア様。陛下に直談判したのはオルフェンですから、お気になさる必要は微塵もございませんよ」

どこかトゲのあるエレフィスの言葉に、オルフェンの眉がピクリと動く。

「危険に繋がることは徹底的に排除しないといけませんので、僕が送り迎えするのが適任なんですよ」

「オルフェン、あまり束縛しすぎてリフィア様に愛想を尽かされないようにな……」

アレクシスの血を濃く継ぎすぎたのだろうな……と、エレフィスは乾いた笑いを漏らす。

「ぼ、僕はそんなことしていないよ！」

「昔からお前は、大事なものは奥深くに頑丈に鍵をかけてしまっておく癖があるからな」

「それはアスターのせいです。僕は学習しただけですよ」

げんなりした顔でオルフェンが呟く。アスターの目につくところに大事なものは飾っておくな、それは子ども時代にオルフェンが学んだ痛い教訓だった。

「オルフェン様が大切にされていたものって何ですか？」

リフィアの問いかけに、「それは……」と気まずそうにオルフェンは言葉を濁す。そんな彼の代わりに、「可愛い動物の置物だよ」と横からエレフィスが笑顔で答えてくれた。

「伯父上！」

「別に隠す必要もないだろう。リフィア様がそんなことくらいで、お前を嫌いになると思っているのか？」

恥ずかしそうに頬を赤く染め、オルフェンが口を開いた。

「魔力の強い僕には、怖がって動物が全く寄り付かないんだ。触れられないからその代わりに……昔よく集めていたんだ」

「だから先日、エレフィス様は動物のぬいぐるみをお渡しになっていたのですね！」

「い、今は別に集めてないからね！」

必死に否定するオルフェンに、リフィアは「どうしてですか？」と首を傾げる。

「だって、その……もう子どもではないし……」

「好きなものを集めるのに、年齢は関係ないと思います」

予想外の答えに驚いたのか、オルフェンは目を丸くする。

「リフィアは嫌じゃないの？　僕がそんなものを集めていたら……」

「とても素敵だと思います。そうだ、オルフェン様！　オルゴールを飾っている部屋に一緒に並べてはいかがでしょうか？　可愛い動物さんたちと一緒に演奏会を聞いているみたいで、きっと楽しいと思うんです！」

（森の中を連想させるように、部屋をアレンジしたらもっと楽しそうだわ！）

素敵な光景に夢を膨らませていたら、「本当に敵わないな……」とオルフェンがこぼした。優しく表情を緩めた彼は、「ありがとう、リフィア」と頭を撫でてくれた。

「ふふ、楽しみです！」

（オルフェン様の好きなものを知れて、よかったわ）

日頃のお礼に、オルフェンに贈り物をしたいと思っていた。

思わぬ形でプレゼントの方向性が定まって、嬉しくて思わず口元が緩む。

「それじゃあ、領地の視察に行ってくる。終わったらすぐに迎えに来るよ」

仮面の奥でオルフェンが目を細めて、柔らかく微笑んでくれた。

「はい、ありがとうございます。今日は火山地帯に行かれるのですよね。オルフェン様、どうかお気をつけください」

「リフィアが世界樹に祈りを捧げてくれてから、あんなに活発だった火山が一度も噴火してないらしいんだ。だから大丈夫だよ、心配してくれてありがとう」

オルフェンを見送ってから、エレフィスと共に世界樹のもとへ向かった。

（火山の噴火が抑えられたのはきっと、世界樹様のおかげよね）

世界樹には自然の環境を整えてくれる機能と、悪魔や魔物などの外敵の侵入を拒む防衛機能がある。

「世界樹様。人々が住みやすい環境を整えてくれて、ありがとうございます」

感謝を込めて優しく幹を撫でながら祈りを捧げると、世界樹がさわさわと葉を揺らす。

『く……るしい。おねがい、魔力を……止めて……』

　助けを求めるその声は、確かに世界樹から聞こえてきた。

「エレフィス様。魔力が苦しいと世界樹様が訴えているのですが、少し止めていただくことはできませんか？」

「はい、お任せください」

　延命させるための魔力装置をエレフィスが止めると、『ふぅーやっと解放された！』と世界樹から元気な声が聞こえた。

　ふわふわとした光る球体がこちらに近付いてくる。

　両手でそれを受けとると、手のひらの上にちょこんと座る小さな女の子の姿があった。

「ありがとう、リフィア。あなたのおかげで、何とか分身を作れるまでに回復したよ」

　にこーっと笑いかけてくる少女が背中の翼を羽ばたかせると、ウェーブのかかった長い緑色の髪がふわふわと揺れる。

　少女はエレフィスの方に向き直ると、ビシッと人差し指を突き立てた。

「無理やり時間を止めないでよ！　苦しかったんだから！　魔術師なんて大嫌い！」

「も、申し訳ありませんでした。ですが世界樹様、貴女を延命させるために我々は……」

「それは人間側の都合でしょ！　セレスのところには聖女さえ来てくれたらいいの！」

　小さな身体で腕にガシッとしがみついてきた世界樹セレスに、すりすりと頬擦りされた。

「聖女は皆、セレスを置いていなくなる。約束しても来てくれない……！」

ポロポロと涙を流し始めたセレスに、リフィアは慌てて謝罪の言葉を口にした。

「セレス様、私たちの生活を守るために、無理を強いてつらい思いをさせて誠に申し訳ありませんでした」

「違うの、そうじゃないの……っ！　確かにそれもつらかったけど、私はリフィアがまた来てくれたことが嬉しいの！」

「私が、ですか？」

「今まで来てくれた聖女は、約束しても決して二度は来てくれなかった。長い時を待って来てくれた別の聖女も同じ。私を復活させた後、皆悪魔に連れ去られてしまったの……」

「あ、悪魔に攫われたのですか⁉」

「そうよ。私たちを復活させてくれる聖女は、悪魔にとって天敵なの」

オルフェンに呪いをかけた呪蛇族の悪魔バジリスク。

その恐ろしい呪いは十年もの間、オルフェンの身体を蝕み続けてきた。

実際に弱りきったオルフェンを目にしていたリフィアには、セレスが悪魔を怖れるのもよくわかる気がした。そんな危険な存在が自分を目の敵のように狙っていると思うと、ゾクリと背中に寒気を感じた。

（少し過剰なくらいにオルフェン様が私の安全に気を配ってくださるのは、悪魔の存在も

関係していたのね）

クロノス公爵邸には、オルフェンが外敵の侵入を防ぐ強力な結界を張ってくれている。

その上イシス大神殿への送り迎えは転移魔法で安全な場所まで必ず護衛してくれる。

毎日幸せに暮らすことができるのはオルフェンのおかげだと、改めてリフィアは実感し感謝していた。

「ご安心ください、セレス様。高度な結界を施しておりますので、イシス大神殿内に悪しき者は侵入できません。リフィア様の身の安全は我々が、責任をもってお預かりしております」

「あなたが今の責任者？」

「はい。イシス大神殿の教皇を仰せつかります、エレフィス・ルミエールと申します」

「リフィアのこと、ぜーったい守ってね……じゃないと、承知しないん……だから……」

そう言い残して、セレスの小さな身体が砂塵のようにパラパラと消えてしまった。

「セレス様……!?」

「分身を長時間保てるほどの力が、まだ回復されていないのでしょう」

「エレフィス様。セレス様の身体が回復されるようにできるだけ毎日通うようにしますので、延命装置を止めることはできませんか？」

無理やり延命されるのは、セレスにとって苦痛を伴う行為だと知ってしまったからには、何とかしてあげたかった。

（オルフェン様には申し訳ないけど、お願いしてみよう）

「わかりました。しばらくはそのようにできるよう掛け合ってみましょう」

「はい、お願いします」


イシス大神殿に通い続けて、季節は秋へと移り変わった。クロノス公爵領では、あれから一度も火山は噴火していない。火山灰の被害に遭った農地は少しずつ復興し、降灰で汚染された水質も改善しているようで、領民たちが喜んでいるとオルフェンが教えてくれた。

エレフィスの話によると、各領地でも悩まされていた水害や雪害など自然災害の被害が抑えられているらしい。

それも全てセレスが頑張って環境を整えてくれているおかげだろう。今では分身を保てる時間も増え、ゆっくりとお喋りを楽しめるほどセレスの状態は回復していた。

感謝の祈りを捧げた後、リフィアはいつものようにセレスのそばに座り、持参した籠から刺繍セットを取り出す。一針一針思いを込めて縫っていたら、「それ、誰かにあげるの？」とセレスに尋ねられた。

「はい！　可愛い動物の刺繍をして、オルフェン様にプレゼントしたいんです」

オルフェンが喜んでくれる可愛い動物の何かをプレゼントしたい。

悩んでいた時にミアに勧められたのが、刺繍だった。
狩猟大会などではよく、女性から男性へ安全祈願として刺繍を入れたハンカチを贈る習わしがあるらしい。

セレスの状態がよくなったおかげで、最近はそこまで悪魔や魔物の被害は出ていないそうだが、いつ危険な任務が飛び込んでくるかわからない。

国王との約束で冬の舞踏会までは呪いが解けたことを隠しているため、表向きのオルフェンの立場は、領地で療養中の身だ。しかし団長職を辞しているとはいえ、オルフェンは黒の大賢者という名誉勲章を持っている。

そのため国王直々に与えられた任務はこなさなければならない。それに加えて王国魔術師団においては、相談役として名誉顧問という立場もある。

かつての部下からの緊急要請に応えて、危険な討伐任務へ行くこともある。

そんなオルフェンの安全を願って、リフィアはオルフェンが喜んでくれる可愛い動物の刺繍を施してプレゼントしようと考えていた。

「見てください、セレス様。ついに完成しました!」

毎日コツコツと頑張って、一針一針思いを込めて縫った刺繍ハンカチをセレスに広げて見せる。

「リフィア。私にはそれ、勇ましい猛獣にしか見えないのだけど……」と、迫力満点の動物の刺繍ハンカチを見て、セレスが苦笑いしている。

「可愛く、ないでしょうか？」

「いや、ううん、可愛い！　可愛いわ！　オルフェンもきっと喜ぶわよ！」

「はい、楽しみです！」

「そうだ、せっかくだから私が祝福をかけるわ。安全祈願の効果を高めてあげる」

「よろしいのですか？」

「だって外でリフィアを危険から守れるのは、彼しかいないでしょう？　死んでもらったら、困るもの」

過去を思い出したのか、セレスは悲しそうに目を伏せた。

「ご安心ください、セレス様。オルフェン様はとても強いんです！」

「うん、そうよね。黒髪の魔術師は、簡単には死なない。それでも保険をかけておくのは、大事だわ」と、まるで自身を何とか納得させるかのようにセレスは呟いた。

「ありがとうございます、セレス様！」

長い時を生きたセレスは、数々の別れを経験してきた。心配が過剰になるのは、これまでの経験則から来るものだろう。そうして心配してもらえることが、自身の大切な人も共に守ろうとしてくれることが、リフィアは素直に嬉しかった。

「あなたに会えなくなるのは悲しいもの。そう、私は自分のためにやってるの！　だからお礼なんていいの！」

そう言ってセレスは、小さな身体をわたわたさせている。

（ふふふ、セレス様は照れやさんなのね）


その日の夜、綺麗にラッピングした刺繍入りハンカチを持ってオルフェンの部屋を訪ねた。しかしノックをしても反応がなく、どうやら留守のようだ。

出直そうと思って踵を返すと、後ろから「待って、リフィア」と呼び掛けられた。

「もしかして僕に何か用だった？　ごめんね、緊急要請を受けて今戻ってきたんだ」

振り返ると、黒い軍服を着用しているオルフェンの姿がある。

「おかえりなさい、オルフェン様」と笑顔で挨拶をしていたリフィアは、彼の腕から滴り落ちる赤い血を見て、全身からさっと血の気が引くのを感じた。

「腕にお怪我が……！」

「た、単なる切り傷だから大丈夫だよ」

余計な心配をさせまいと、慌てた様子でオルフェンは左腕を背中に隠した。

手に持っていたハンカチの箱をガウンの大きなポケットにしまい、逃がすまいとオルフェンの手を掴まえて握りしめる。

「人々のためにその身を賭して、勇敢に戦うオルフェン様に、深く感謝いたします」

リフィアの祈りが神聖力として身体からあふれだす。神々しい光が集束して、オルフェンの怪我を包み込んだ。綺麗に治った腕を見て、ほっと胸を撫で下ろす。

セレスに祈りを捧げるようになって、リフィアは神聖力を以前より使いこなせるようになっていた。怪我の治療くらいなら朝飯前だった。

「ありがとう、リフィア」

「お礼を言うのは、私の方です」

ポケットからラッピングしたハンカチの箱を取り出し、オルフェンに差し出した。

「オルフェン様。いつもありがとうございます。日頃の感謝と安全を願って作ったのですが、受け取ってもらえますか？」

「リフィアの手作り!?　嬉しいな！　何が入っているんだろう」

プレゼントを開封したオルフェンは、動物の刺繍入りハンカチを見て瞳を輝かせる。

「すごくかっこいいライオンだね！　ありがとう、リフィア！」

喜ぶオルフェンとは対照的に、リフィアはショックでわなわなと唇を震えさせていた。

「可愛い猫……のつもりで縫ったのですが……」

「……え!?　猫だったの!?」

しまったと狼狽えるオルフェンから、「今すぐ作り直してきます！」とハンカチを奪おうとするも身長差があり届かない。

「その必要はないよ。リフィアが一生懸命作ってくれたものは、何でも嬉しいから。宝物にするね」

大事に宝箱にしまっておかないと……そう呟くオルフェンに、慌てて待ったをかける。

「オルフェン様、できればそちらは普段使いに持ち歩いていただけると嬉しいです。そうしたらまた、プレゼントできますので……」

「僕のために、また作ってくれるの？」

「ご迷惑でなければぜひ。刺繍するのが楽しいんです！」

「ありがとう、とても嬉しいよ。ちなみにこの猫は何を参考にして縫ってくれたの？」

「ミアが勧めてくれた『かわいい獣図鑑』です！」

「あーなるほど、ね」

リフィアの可愛いの基準がズレていたのは、オルフェンが人前で可愛らしい動物の刺繍ハンカチを使うのは恥ずかしいだろうと、ミアが気を利かせてくれた結果だった。

かわいい獣図鑑に出てくる獣は全て可愛い。

そう思い込んでいたリフィアは後日、オルフェンに一冊の本をプレゼントされた。

かわいい小動物図鑑——比較的小さい動物たちの可愛い姿が収められた本を見て、リフィアの可愛いに対する概念は無事アップデートされたのであった。

……第4章　薄幸令嬢の叶えたかった夢

夜遅く皆が寝静まった頃、苦しそうなうめき声が聞こえて目が覚めた。それが隣に眠るオルフェンが漏らしたものだと気付いたリフィアは、咄嗟に彼の震える手を握りしめた。

震えは止まったものの、悪夢にうなされている彼の顔は依然として苦痛に苛まれていた。

「くっ……！　はぁ……はぁ……」

「オルフェン様」

見るに見かねて、オルフェンの身体をゆさゆさと優しく揺らして起こす。

しかしなかなか起きる気配はなく、手首を掴まれ引き寄せられてしまった。

オルフェンの上に覆い被さるように倒れ込んだリフィアは、慌てて身体を起こそうとするも、しがみつくように抱き締められ動けなくなった。

(お、重たくないかしら……)

オルフェンを潰してしまうのではないかと不安になって、何とか脱出を試みるも力が強く身動きが取れない。

「父上。申し訳、ありません……」

その時、懺悔するかのように紡がれた声が耳に入り、背中に回された手が再び震えていることに気付く。

（どうか、オルフェン様の不安が少しでも和らぎますように……）

強く思いを込めて念じてみたものの、オルフェンの悪夢は払えない。

結局落ち着くまで、リフィアはそのまま抱き枕に徹した。

しかしそれが数日も続けば、さすがに心配になる。

故人であるアレクシスのことを、オルフェンやイレーネに軽々しく尋ねるのは気が引ける。考えた末、エレフィスに相談してみることにした。

翌日。イシス大神殿までオルフェンに送ってもらった後、早速エレフィスに声をかけようとしたら、その日に限ってノックが鳴り止まず訪問者が絶えなかった。

「教皇聖下、来月の祭祀の件で少し相談が……」

「大変です、教皇聖下！　大聖堂で問題が……」

公務で忙しそうなエレフィスを引き留めるのは憚られ、いつものようにまずはセレスのもとへ向かうことにした。

最近のセレスはティータイムを楽しむのが趣味で、世界樹の近くには丸テーブル席が用意されている。セレス専用の小さなテーブルセットとティーセットもテーブル上に設置されていて、そこに座ってさまざまな味のフレーバーを楽しむのがセレスの日課だった。

その中でも一番のお気に入りはレモンティーのようで、エレフィスが用意してくれたそれを美味しそうに飲んでいた。

「浮かない顔をしてどうしたの？　リフィア」

祈りを捧げ終わった後、心配そうに尋ねてくるセレスに、リフィアは相談してみた。

「……というわけなのです。セレス様、悪夢を払う方法をご存じではありませんか？」

小さなカップをソーサーに戻し、セレスは答える。

「そんなの簡単よ。リフィアの神聖力で払えばいいのよ。人々が生み出す強い負の感情は、邪気としてこの世界を蝕むの。邪気は悪魔の好物だから、放っておくとよくないわ」

「まだ呪いの影響があったのですか⁉」

「呪蛇族の呪いは完全に解けていたはずよ。どちらかと言えば悪夢は人の心と密接に関係しているの。オルフェンの感情から生じた邪気が内側で悪さしてるんじゃないかしら？」

（そう言えばオルフェン様は、アレクシス様に謝罪の言葉を……）

悪魔の呪いの影響ではないとわかって少しだけ安堵するも、このまま放ってはおけない。

「思いを込めて念じてみたのですが、効果がなかったのです」

「空気中に漂う邪気なら、その場で神聖力を流せば払えると思うわ。ただ人の心で膨れ上がった邪気は、心の弱みにつけこんで内部を侵蝕してるのよ。だから外側に触れるだけでは、うまく力が働かなかったのかもしれないわね。復活と浄化は効果が違うものだから」

「復活と浄化、ですか？」

「復活は衰えた生命を活性化させて、蘇らせることよ。強い思いを込めるほど、その力は強くなるわ。浄化は邪気に汚されたものを払うことよ。昔はよく聖騎士が斬って弱らせた魔物を、傷口から聖女が神聖力を流し込んで浄化して回っていたわ」

「傷口から、ですか？」

「そうよ。外側に触れて神聖力を流し込んでも、外側をぐるぐる巡るだけで中にはあまり入っていかないの。だから中に巣くった邪気を払うには、内側から直接神聖力を流し込んで浄化する必要があるのよ」

「ですが、オルフェン様に傷を付けるのは……」

「わざわざ傷を作らなくても口から流せばいいわ。思いを込めて、濃厚なキスでもしたらどうかしら？」

「の、濃厚なキス⁉」

「だって祈りを捧げて神聖力を流すには、少し時間がかかるでしょう？　それに力が外に漏れないように塞いだ方が、効果上がるじゃない」

想像してリフィアは思わず赤面する。こちらの様子を見て、セレスは「ふふっ、冗談よ」と悪びれた様子もなくにこにこと笑って言った。

「せ、セレス様！　からかわないでください！」

「あはは、ごめんなさいね。可愛い反応をしてくれるのが楽しくて！　まぁ、開いた口に指でも差し込んで流せばいいと思うわ」

それでも十分難易度が高いと思わずにはいられないリフィアだった。

「教えてくださりありがとうございます。今夜、邪気を払ってみます」

「ええ、応援してるわ」

その日の夜。寝室にオルフェンが来るのを、リフィアは待ち構えていた。

（口から邪気を払えばいいとセレス様は仰っていたけど、自分からオルフェン様に触れるのは緊張する……）

そわそわして落ち着かない。意味もなく室内をうろうろして、とりあえずカーテンでも閉めておこうとバルコニーに視線を移すと、外ではパラパラと雪が降りだしていた。

空気調和機能のある魔導具が温度を快適に保ってくれるため、室内で寒さを感じることはないが、本格的に冬がやってきたのだと改めて感じる。

できればオルフェンの負担にならないよう、自然に払ってあげたい。

そのためには怪しまれないよう、開いた口に触れる必要がある。

（自然に開いた口に触れるって、どうすればいいの⁉）

やはりセレスが言っていたように想像して、恥ずかしくてぶんぶんと首を振る。

その場に屈んで雪を眺めながら考えていたら、思考がまとまらないうちに、湯浴みを済ませたオルフェンが寝室へとやってくる。

「そ、そんなところに座り込んでどうしたんだい!?」

髪を拭っていたオルフェンの手から、はらりとタオルがこぼれ落ちる。

「あ、あの！　オルフェン様……」

こちらを見て、オルフェンは焦った様子で駆け寄ってきた。前髪をかきあげられ、オルフェンの顔が近付いてくる。反射的に目をつむると、額にコツンと何かが当たる感触。

「すごく熱いよ、リフィア！　もしかして熱があるんじゃないかい!?　無理せず先に休んでくれてよかったのに！」

勘違いしたオルフェンに抱えられ、寝台に優しく横たえられてしまった。

あれよあれよと毛布に掛け布団まで被せられてしまい、慌てて否定する。

「ち、違うんです！」

「無理をしなくていいんだよ」

頭をよしよしと撫でられ、寝かしつけようとするオルフェンにリフィアは叫んだ。

「オルフェン様に、触れたくて待っていたんです！」

(私ったら、何て恥ずかしいことを……！　間違っていないけど、間違ってる！)

もう少し言い方があっただろうと後悔しても後の祭りだった。

「…………っ！」

頭を撫でてくれていたオルフェンの手が硬直する。言葉の意味を理解したのか、彼の顔もリフィアに負けず劣らず真っ赤に染まっていた。

「き、急にどうしたの⁉　リフィアが僕を求めてくれるのはすごく嬉しいんだけど……」

心配そうに顔を覗き込まれ、オルフェンの紫色の瞳が不安そうに揺れている。

「やはり様子がいつもと違う気がするんだ。君の瞳に覚悟が宿っているように見える……もしかして、セレス様に何か言われた？」

ずばりと言い当てられ、言葉に詰まったリフィアは思わず視線を彷徨わせる。不自然なその姿がオルフェンの中にあった疑問を確信に変えたようで、「本当のことを話してくれるまで、その願いは叶えられないよ」と宣言されてしまった。

こうなってしまったら仕方ないと、寝台から上体を起こしたリフィアは、正直に話した。

「ここ数日、オルフェン様が悪夢にうなされていて心配だったので、セレス様に邪気を払う方法を教えていただいたんです」

「もう大丈夫だと、思っていたんだけどな……」

大きく瞳を揺らした後、窓の外に視線を移したオルフェンは、悔しそうに呟いた。

その横顔は深い哀愁を帯び、固く握られた拳は何かに抗っているかのように、小刻みに震えていた。

「何があったのか、お聞きしてもよろしいですか？　オルフェン様の力になりたいんです」

「毎年この時期になると、夢を見るんだ。父が僕を庇って亡くなった夢を……」

一呼吸して、オルフェンはゆっくりと、過去に起こったことを話してくれた。


ヴィスタリア王国の英雄『黒の剣聖』と呼ばれていたオルフェンの父アレクシスは、体感的に肉体や剣を魔法で強化して戦うのが得意な脳筋騎士だった。

国王の右腕として忙しい人だったが、休みの日には訓練をつけてくれて、オルフェンの成長を自分のことのように喜んで褒めてくれたり、遠征の帰りにはイレーネのために現地の美しい花の苗をお土産に買ってきてくれたりと、家族思いの温かい人でもあった。

しかしオルフェンが八歳を迎えた年の冬に事件が起こる。

訓練と称して外で雪合戦をしている時に突然悪魔が現れて、アレクシスは自身の身体を盾にしてオルフェンを守り、代わりに悪魔の攻撃を受けてしまった。背中に突き刺さった複数のつららは、アレクシスの身体を容赦なく呪いの冷気で蝕んでいった。

魔法で援護しようとしても手が震え、涙で視界が滲み、足が竦んで動けなかったオルフェンは、目の前で青白く変化していく父の姿をただ見ていることしかできなかった。

それでもアレクシスはオルフェンを守るため、最後まで勇敢に剣を構え悪魔に立ち向かい、連れ去られてしまったと。

「――そうして父がいなくなって、僕が成人して爵位を継ぐまでは母が代理公爵として領地を支えてくれた。陛下や伯父上もいろいろ配慮してくださって、世話になったよ」

「そのようなことが、あったのですね」

幼い頃に味わった父との別れに加えて、成人して爵位を継いだ後には、恐ろしい呪いまでもがオルフェンを蝕み続けてきた。悪魔から身を呈してアスターを庇ったのはきっと、勇敢な父の姿が常に彼の胸にあったからなのだろう。

これまでのオルフェンの苦労を想像して、ひどく心が痛んだ。

「寒い時期になると、思い出してしまうんだ。あの時、僕さえ守らなければ父は……っ！」

呪いを受け連れ去られたアレクシスが今もどこかで生きている確率は、限りなくゼロに近いだろう。

セレスも言っていた。悪魔に連れ去られた聖女たちは、二度と帰って来なかったと。

「アレクシス様はそれだけ、オルフェン様のことを大切にされていたのだと思います。だからどうか、あまりご自身を責めないでください」

眉尻を下げ悲しそうに笑うオルフェンの瞳には、悲愴感が浮かんでいた。

「誰も僕を責めないから、あの時何もできなかった自分自身が悔しくて堪らないんだ」

その時、オルフェンの周囲に黒いもやのようなものが見えた。

オルフェンが憤りを露わにする度に、それはどんどん濃くなっていく。

(もしかして、これが弱った心につけこんだ邪気⁉　悪夢の元凶なのかしら？)

強く握られたオルフェンの右手を優しく包み込んで、リフィアは口を開いた。

「つらいことを話してくださり、ありがとうございました。オルフェン様の苦しみや悲しみを、どうか私にも分けていただけませんか？」

「リフィアに、分ける……？」

「アレクシス様は、オルフェン様の成長を誰よりも喜んでおられました。だから少しずつでも前に進んでいけるように、私にも分けてほしいのです」

夫婦とは、つらいことも悲しいことも、楽しいことも嬉しいことも、分かち合って生きるものだ。リフィアは少しでもオルフェンの苦しみを和らげてあげたかった。

「ありがとう、リフィア」と、オルフェンは目の端に滲む涙を左手で拭った。

「オルフェン様、今は思いっきり泣きましょう！　さぁ、私の胸でよければいくらでもお貸ししますので！」

膝立ちして両手を広げると、彼はこちらを見て「……え⁉」と戸惑いの声を漏らす。

「つらい時や悲しい時は、我慢せずに涙と一緒に吐き出した方がいいと思うんです！」

「だ、大丈夫だよ。リフィアに聞いてもらったら、気持ちはかなり楽になったし……」

若干逃げ腰になっているオルフェンの頭を抱き寄せた。いつもしてくれるように優しく頭を撫でると、彼の硬直が少し和らいだように思える。

「オルフェン様はいつも、私を甘やかしてくれるではありませんか。だからたまには甘えてください」

「本当に、敵わないな……ありがとう……」

（オルフェン様の苦しみや悲しみが、少しでも和らぎますように……）

それからしばらく、オルフェンは静かに涙を流し続けた。

今まで堪えていたものが、堰を切ってあふれだしたかのように。

「ありがとう。もう大丈夫だよ」

顔を上げたオルフェンの周りにあった黒いもやは、いつの間にか薄くなっていた。

（オルフェン様の心が回復したから薄くなったのかしら？　でも完全に除去しないと、安心できないわ！）

「ごめんね、リフィア。服が……」

ぐっしょりと濡れてしまった胸元を見て焦るオルフェンに、「これくらい大丈夫ですよ」とリフィアはにっこり笑って返す。

「それよりもオルフェン様、念のために邪気をお払いしてもよろしいでしょうか？」

濡れた胸元よりも、オルフェンの中に巣くう邪気の存在の方が心配だった。

「お願いできるかな？」と尋ねてくるオルフェンに、「お任せください！」と頷く。

いざ実行しようとして、じーっとこちらを見ているオルフェンの顔面の美しさを前に、リフィアは思わず固まってしまった。

「あの、オルフェン様。よかったら少しだけ、目を閉じていただけますか？」

オルフェンが目を閉じたのを確認して、リフィアはほっと胸を撫で下ろす。

（余計なことを考えてはダメ、今は邪気を払うことに集中するのよ！）

そーっとオルフェンの唇に触れる。しかしその唇は固く閉じられたままだ。

（しまった、隙間がないわ！）

外側からかけてもあまり意味がないとセレスは言っていた。

この閉じられた口をどうやって開けばいいのか……悩んでいると、「ふふ、くすぐったい」とオルフェンが笑いだして口が開いた。

（今がチャンスね！）

しかしその手をオルフェンに掴まえられ、唇から離されてしまった。

「どうやって邪気を払うの？」

「神聖力を体内に直接流せば、払えるそうです。なのでお口からできればと……」

「なるほど。じゃあ僕はこの可愛い手を咥えたらいいのかな？」

「く、咥え……っ!?」

目の前でリフィアの中指を軽く唇で挟むと、オルフェンは「これでいい？」と視線で訴えてくる。潤んだ瞳でこちらを見上げる美青年に指を咥えられ、心臓に悪い。

（い、いけないものを見ている気分だわ……！）

余計な雑念を振り払い、心を落ち着けて邪気を払うべく集中する。

「オルフェン様の体内に巣くう邪気よ、どうか綺麗に消え去ってください」

神聖力を指先に集め、オルフェンの体内に優しく流し込む。残った黒いもやが全て霧散していくのを見て、ほっと安堵のため息が漏れた。

「すごい……心がとても晴れやかだ。ありがとう、リフィア」

「お役に立てて嬉しいです」

無邪気な笑みを浮かべるオルフェンを見て、こちらも嬉しくなる。

「ねぇ、リフィア。さっきの言葉は、まだ有効……？」

何のことかわからず首を傾げると、彼は耳元で甘く囁いてきた。

「……僕に触れたくて待っていたって」

熱を帯びたオルフェンの双眼が至近距離でこちらを見つめている。

はにかみながら頷くと、そのまま顔を寄せてきたオルフェンに唇を奪われた。

甘く蕩けるような口付けに頭がぼーっとして思考が働かない。いつの間にか後頭部に回された手が脱力したリフィアの身体を支え、ゆっくりと寝台へ誘った。

ぼんやりとした視界の先でオルフェンを捉え、手を伸ばす。わずかに水気を含んだ黒髪を梳くように撫で、赤く染まった頬に指を這わせ、そっと彼の薄く開いた唇に触れた。

「オルフェン様、今度邪気を払う時は……こうしても、いいですか？」

彼の首に両手を回し、軽く上体を起こしたリフィアは、勇気を出して自分から唇を重ねる。ゆっくり顔を離すと、耳まで紅潮させたオルフェンが「もちろんだよ」と頷いてくれた。

冬の舞踏会当日。

カーテンを開けると外は晴天に恵まれ、リフィアは期待に胸を膨らませていた。

（いよいよ憧れの舞踏会に、オルフェン様と共に参加できるのね……！）

今日はオルフェンの呪いが解けたことを公表する、晴々しい日だ。呪いのせいでオルフェンが受けてきた苦しみや周囲からの偏見は、想像を絶するほどの苦悩や苦難があったことだろう。本当の意味でその全てを払拭できることが、リフィアは嬉しくて仕方なかった。

「おはよう、リフィア」

眩しい笑みを浮かべて挨拶してくれるオルフェンに、「おはようございます、オルフェン様」とリフィアは弾んだ声で挨拶を返す。

この日のためにマナーもダンスもしっかりと練習してきた。彼の隣に相応しくあれるよう努めようと、愛しい人の笑顔を見ながらやる気に満ちていた。

それから朝食を済ませた後、リフィアは外出用の身支度をしていた。

「とても綺麗です、リフィア様！」

「ミアの技術が素晴らしいおかげよ」

「リフィア様を綺麗に飾り立てることは、私の楽しみですから！」

「頼もしいわ。いつもありがとう」

舞踏会用に仕立ててもらった、プリンセスラインのドレス。青空を連想させる青と白を基調としたそのドレスには、百合の花をモチーフとした金地の繊細な刺繍が施され上品な印象を受ける。

胸元や腰回り、袖や裾など、要所にちりばめられたアクアマリンの装飾が、動く度に光に反射してキラキラと輝く。

そこにはダンスを楽しみにしていたリフィアが、どの方角から見ても美しく輝いて見えるようデザイナーに緻密に計算させた、オルフェンのこだわりが詰まっていた。

「それでは早速、旦那様を呼んできますね！　きっと首を長くして待たれていますよ！」

ミアが退室した後、鏡台に映る自身の姿を見て、リフィアはそっと胸元のネックレスに触れた。そこにはオルフェンの瞳と同じ色のアメジストが嵌め込まれている。

大切なオルフェンへの変わらぬ愛の証明として、一番目を引くものを身につけたい。

以前宝石商からもらった装飾品の中から、リフィアが自分で選んだものだった。

（オルフェン様に私の想い、伝わるといいな……）

扉を叩く音が鳴り、「旦那様をお連れしました」とミアの声がして、中へ入るよう促す。

出迎えると、伸びていた襟足を綺麗に整え、正装に身を包んだオルフェンと荷物を運んできたコルトの姿がある。

「髪をお切りになったのですね、よくお似合いです！」

「ありがとう。リフィアこそ、とても綺麗だ。それにそのネックレス……」

目立つ場所に相手の瞳の色の装飾品をつけるほど、その想いは強い。

こちらを見てハッと息を呑むオルフェンの頬は瞬時に赤く染まった。

そんな彼の首元にある、大きなブルーサファイアの嵌め込まれたブローチを見て、リフィアの顔も負けず劣らず紅潮している。

「僕の色を身につけてくれたんだね。ありがとう、嬉しすぎてどうにかなりそうだよ」

「オルフェン様こそ、とてもかっこよくて素敵です！　それにそのブローチも、すごく嬉しいです」

その時部屋の隅から、「画家を呼んでぜひ肖像画に！」や「まずは映像魔導具に保存を！」などとミアとコルトがこちらをうっとりと眺め話しているのが聞こえた。

そんな彼等にオルフェンは、「絵画はどこに飾るか、複数箇所考えておいてくれ。映像は鑑賞用と保管用、予備も合わせて最低三つは必要だ」と、決定事項のように指示を出し始め、二人は「かしこまりました！」と笑顔で頷いた。

　クロノス公爵邸の見慣れた日常ではあるものの、「数がおかしくないですか？」とリフィアは若干の戸惑いを隠せなかった。


　打ち合わせをしておきたいとアスターに呼ばれていたリフィアとオルフェンは、舞踏会の時間より早くスターライト城に向かった。

「ルー、フィア、よく来てくれたね！」

　王族専用のプライベートサロンに案内され、座るよう促されて席に着く。

「今日の冬の舞踏会の主役は間違いなくお前たちだ。そこで私は父上に頼んで、特別演出を入れてもらったんだ！」

　ふふんと胸を張るアスターに、オルフェンは低い声で「何をやらかした？」と鋭い眼光を向ける。

「第一声がそれって酷くない!?」

「君のやらかすことがプラスに働く可能性はわずか3％だ。今までの経験則から僕はそう判断している。それで今回は何をやらかしたのか、直ちに吐け！」

「世界は大いなる失敗の積み重ねで成り立っているのさ！　私は常に成功という名の可能性を追い求めているだけなのに！」

黒い笑みを浮かべたオルフェンが「余計な御託はいいから、さっさと吐け！」と、アスターに詰め寄る。席を立ったアスターは、「ルーがいじめる。フィア、助けて！」と背中に隠れてしまった。

「毎度毎度、リフィアを盾にするな！」と険しくなるオルフェンの表情を見て、「わかった、言うよ」と白旗を掲げたアスターは席に戻り、本題に入った。

「冬の舞踏会の前に、毎年名誉勲章授与式をやっているだろう？　いつもならその後舞踏会の開幕を王族がやるわけだけど、今回は君たちにお願いしたいんだ」

「何をすればよろしいのでしょうか？」

「開幕を告げるファーストダンスを、君たちにお願いしたい。舞踏会に憧れ続けていたお姫様に、最高の舞台を用意したんだ」

そう言って、アスターは右手を天に掲げ胸を張っている。期待に満ちた眼差しがこちらを捉え、ウズウズとした様子で彼は返事を待っているようだ。

「もしかして、私が成人を祝う舞踏会に参加できなかったことを……アスター殿下も、ご存じだったのですか？」

「囚われの姫君を見てきてくれって、元々あの舞踏会に参加するよう僕にお願いしてきたのはアスターだったんだよ。リフィアのことは当時、社交界では噂になっていたから」

「そうだったのですね……」

「これからはもう、何も諦める必要はないよ、フィア。ルーとのダンスで、今年の冬の舞踏会の幕開けを、華やかに彩ってくれるかい？」

「はい！　ありがとうございます、アスター殿下」

まさかこうして、あの時の仕切り直しの機会を得られるなんて思いもしなかった。アスターの優しい配慮が嬉しくて、胸の奥がじんわりと温かくなるのを感じた。

「それにしても、まさか3％の奇跡が起こるなんてな……」

「ふふっ、見直したかい？」と尋ねるアスターに、「君にしては、やるじゃないか」と少しトゲのある言葉で、オルフェンは照れ隠しのごとく控え目に褒めた。

ははっと軽く笑い飛ばして、「これくらいしか、私にできることはないからね」とアスターが自嘲気味にこぼした時、トントンとノックの音が鳴った。

「殿下、お客様をお連れしました」

ぱっと表情を明るく戻したアスターが、「通して」と声をかける。執事に連れられ入室してきたのは、燕尾服を身に纏った壮年の男性だった。繊細な装飾の施された楽器ケースを手にした涼やかな目元の男性を見て、リフィアは思わず期待に胸を膨らませる。

「やぁルザン、よく来てくれたね」

アスターの呼び掛けに、柔和な笑みを浮かべる男性は、有名音楽家のファルザンだった。

「殿下のお呼びとあれば、どこへなりとも駆けつけさせていただきます」

ファルザンが腰を折り曲げて挨拶をすると、後ろで一つに結ばれた水色の長髪が揺れる。どこか気品を感じさせるその立ち居振る舞いや所作には、育ちの良さが出ていた。

「忙しいところ悪いね、一曲お願いしてもいいかい？」

「かしこまりました。準備しますので少々お待ちください」

そう前置きして、ファルザンはケースからヴァイオリンを取り出して準備し始める。

「ルー、お前がフィアのために彼の曲が収録されたオルゴールを集めているって聞いてね、本人を呼んだんだ！　私からのサプライズプレゼントさ！」

「だから絶対に早く来て、来てくれないと拗ねるからねって念を押していたわけか」

「早く来た甲斐があっただろう？」というアスターの質問に、オルフェンは「そうだな」と口元を綻ばせる。

（ファルザン様、ヴァイオリンをとても大事にされているのね）

リフィアは興味津々でファルザンの演奏準備を眺めていた。

よく手入れのされた美しい琥珀色のヴァイオリンもさることながら、楽器や弓へ優しく触れる彼の手つき、異常がないか確認する真剣な眼差しにも深い愛情が見てとれた。

「何かリクエストはございますか？」

「即興の演奏が聞きたいです！」

優しく微笑んで頷いたファルザンは、快くリクエストを受け付けてくれた。

（ミアも連れてきてあげたらよかったわね。できることならセピアにも、聞かせてあげたかったわ）

オルゴールの音色を嬉しそうに聞いていたセピアの姿を思い出し、舞踏会で会えたらいいなと思いを馳せる。ファルザンの優雅なヴァイオリン演奏を楽しみ、いよいよ冬の舞踏会が幕を開けようとしていた。

夕刻。呼びに来た執事に案内され、舞踏会の会場である西側の宮殿へ向かった。

「オルフェン・クロノス公爵、リフィア・クロノス公爵夫人のご入場です！」

高らかに名を呼ばれ、オルフェンにエスコートされて会場へと足を踏み入れた。

天井に幾重にも設置された豪華なシャンデリアが、会場内を明るく照らす。華美な衣装に身を包んだ男女の一部が、こちらに注目している。

「まぁ、珍しく仮面公爵様がいらしてるわ」

ジロジロと品定めするかのような視線は正直居心地が悪い。

それでも自分はオルフェンの妻なのだと胸を張って、リフィアは足を進める。

「呪いが解けたって噂があったが……」

「まだ仮面をつけておられるし、デマだったんじゃないか？」

「なんて真っ白な髪なのかしら。公爵様は平民から妻を娶られたのね」

「呪いさえ受けなければ、そんな必要はなかったでしょうに……」

こちらを見てヒソヒソと話す声が聞こえるも、国王の一声によってピタリと止まった。

「それではこれより、名誉勲章授与式を執り行う。リフィア・クロノス。そしてオルフェン・クロノス。共に前へ」

入場の時とは比べものにならないほど注目され、緊張で足は竦み、頭が真っ白になる。

「大丈夫、ゆっくりと深呼吸して」

耳に届いたオルフェンの声に、自分は独りではないと思い出す。

彼は微笑むと、歩幅を合わせて優しくエスコートし、国王の前に連れていってくれた。

「リフィア・クロノス。そなたは夫オルフェン・クロノスにかけられた強大な悪魔の呪いを解き、世界樹の復活に大いに貢献してくれた。その業績や栄誉を称え、『聖女』の名誉勲章を与えると共に、今年一番の功労者『ベストオブヴィスタリア』の賞を授けよう」

声高に宣言した国王は、金色のトロフィーをリフィアに差し出してくれた。

「おめでとう。これからの働きも、期待しているよ」

笑顔で優しく声をかけてくれた国王に「ありがとうございます」と礼を述べ、トロフィーを受け取ると、会場が大きな拍手に包まれた。

「最近魔物の襲来が減ったと思っていたら、聖女様のおかげだったんだな！」

「こっちは悩まされていた雪害も軽減したよ。これでヴィスタリア王国も安泰だ！」

冷ややかだった皆の視線が柔らかくなったのを、リフィアは肌で感じていた。

「今ここに新たな『聖女』の誕生と、ヴィスタリア王国の叡知『黒の大賢者』の完全復活を宣言する！　オルフェンや、元気になった姿をぜひ皆にも見せてやってくれるか？」

「かしこまりました」

オルフェンが仮面を外して顔を上げると、会場の女性たちからざわめきが起こる。

「う、美しい……国宝級のご尊顔だわ！」

「誰よ、公爵様が醜いだなんてデマを流したのは！」

よろめく貴婦人やご令嬢たちを、会場にエスコートしてきたパートナーの男性たちが悔しそうに顔を歪め支えていた。

「長年不在だった聖女の誕生と、呪いを受けながらも王国をこれまで支えてくれた黒の大賢者の復活は、我がヴィスタリア王国にさらなる栄光をもたらしてくれることだろう。皆の者、二人を祝して、今一度大きな拍手をここに」

おめでとうございますと賛辞の声援が飛び交い、会場は惜しみない拍手で包まれた。

（私がオルフェン様と一緒に、こんなにたくさんの人から祝福してもらえるなんて……）

オルフェンの隣にいても恥じない自分になれたことが、一番嬉しかった。喜びを噛みしめながら会場を見渡していたら、隅の方にセピアの姿を見つけた。

いつもはピンと姿勢を正し、一つ一つの所作に気品のあるセピアが、心なしか背中を丸め居心地が悪そうにしている。胸の前で小瓶のようなものを握りしめ固く閉じられた両手は、震えているように見えた。様子がおかしいその姿に不安が募る。

（セピア、大丈夫かしら？　後で声をかけてみよう）

「それでは冬の舞踏会の開幕を、本日の主役二人にお願いするとしよう」

「誠心誠意、務めさせていただきます」

国王の言葉に、オルフェンは胸に手を当てて腰を折り曲げる。

身体を翻してリフィアの前で跪いたオルフェンは、「私と一曲、踊っていただけますか？」と形式に則りダンスの誘いを申し出てくれた。

「はい、喜んで」

緊張しながら手を差し出すと、優しく掴まれて手の甲にキスを落とされた。

これが正式なルールだとわかっていても、大勢の人に見られている羞恥心からリフィアの身体は硬直する。それでも流れるような所作でオルフェンがエスコートをしてくれて、何とか広いダンスフロアの中央へ移動することができた。

しかしダンスの構えを取っても、握られた右手も、オルフェンの上腕に添えた左手も極度の緊張でガクガクと震えている。

「いつもみたいに踊れば大丈夫だよ」

オルフェンがそうアドバイスしてくれるものの、緊張が抜けないリフィアは俯いたまま

「は、はい！」と返事をするので精一杯だった。

「今は僕だけを見ていて。じゃないと拗ねちゃうよ」

不意に顔を寄せてきたオルフェンにそう耳打ちされ、見上げると彼はふふっと悪戯っぽい笑みを浮かべている。緊張を和らげるためにわざとおどけてくれたのがわかって、不安が和らぐのを感じた。

(憧れの舞踏会で、最愛の人と一緒にダンスを踊れる。楽しまないと損よね！)

楽団の生演奏に合わせて、踊り出す。オルフェンと共に何度も練習した宮廷円舞曲。

動きは身体がしっかりと覚えていて、気がつけば周囲のことなど全く気にならず、彼とのダンスを心から楽しんで踊っていた。

「ねぇ、リフィア。よかったらそろそろ結婚式を挙げない？」

「け、結婚式ですか⁉」

嬉しいサプライズを提案され、思わず動揺する。乱れそうになったステップを、オルフェンがうまくリードしてカバーしてくれた。

「皆へのお披露目も済んだことだし、そろそろ君のウェディングドレス姿が見たいんだ」

どうかな？　と照れくさそうに尋ねてくるオルフェンに、満面の笑みを浮かべて答える。

「とても嬉しいです！」

「今度は王国中のデザイナーを呼び集めて、一番素敵なウェディングドレスを作ろうか」

「そ、それはやりすぎだと思います！」

「そうかな？　一生に一度のものだもの。やりすぎなくらいでちょうどいいと思うんだ」

（オルフェン様の場合、やりすぎの規模が大きすぎるのよね……）

そんなことを話している間にダンスは無事終幕を迎えた。

鳴り止まない歓声と温かい拍手に応え、一礼してダンスフロアを降りると――。

「美しくてとても素敵でした！」

「あそこまで息のぴったりと合ったダンス、初めて見ました！」

若い令嬢たちが賛辞を送ってくれ、それを皮切りに次々と挨拶に貴族たちが集まりだす。

「さすがはリフィア、我が自慢の娘だ！　閣下、これからも娘のこと、どうぞよろしくお願いいたします」

その中にはセルジオスの姿もあり、見たこともない父の笑顔や賛辞にリフィアは戸惑いを隠せなかった。

（熱でもおありなのかしら……？）

「父親といえども、私の妻を気安く呼び捨てないでいただけますか、エヴァン伯爵」

馴れ馴れしく話しかけてくるセルジオスに、オルフェンは表面上、にこやかな笑顔で話しかける。しかしその瞳は決して笑っておらず、近付くなと牽制をしていた。

「こ、これは失礼いたしました。クロノス公爵夫人」

「それにわざわざ心配してもらわずとも、愛する妻に不自由などは決してさせませんので、どうぞご安心ください。では失礼します」

その場を離れやすいよう話を早く切り上げると、オルフェンはセルジオスの視線から守るように背中に手を添えて、優しくエスコートしてくれた。こちらをじっと睨みつけてくる父に軽く会釈をして、リフィアはオルフェンと共にその場を離れた。

クロノス公爵家と親密な関係であると周囲に知らしめたかったセルジオスの思惑は、オルフェンに呆気なく遮断された。

「クロノス公爵夫人は、幻のエヴァン伯爵令嬢でしたのね。初めて見ましたわ」

「魔力がなくてずっと閉じ込められていたって噂のあの……？　そういえば、成人祝いの舞踏会もご欠席でしたわね」

「きっと出席させてもらえなかったのではなくて？　なんでも伯爵は多額の支度金と引き換えに、着の身着のまま追い出したらしいですわよ」

「まさかその令嬢が聖女だったなんて……それを知った途端すり寄るなんて、伯爵は都合がいいお方ですのね」

ヒソヒソとセルジオスの方を見て噂話に話を咲かせる貴婦人たちに、居心地が悪くなったセルジオスは苛立ちを抱えながらその場を離れた。

「無様だな」

すれ違いざまに吐かれた暴言に、セルジオスは思わず振り返る。

「実の娘をさんざん冷遇しておいて、地位を手に入れた瞬間すり寄る。ほんと反吐が出るほど変わってねぇな」

そう言って嘲笑を浮かべる水色の髪の男を見て、セルジオスは焦りを滲ませる。

見た目の印象はかなり違うが、その目つきや声で気付いた。

「ヘリオス……兄上……どうして貴方がここに⁉」

「俺から卑怯な手で爵位を奪ったお前にその名で呼ばれるのは、実に不快だ。俺は今、宮廷音楽家として活動している。ファルザンって言えば、わかるか？」

「あ、あの有名な音楽家が、兄上だったのですか⁉」

天才音楽家ファルザン。貴族に親しまれる古典派と市民に親しまれるロマン派の音楽を融合し、多くの人々を魅了する数々の曲を生み出して、宮廷に招かれた天才音楽家。

王室の公式行事では必ず彼の曲が演奏されている。彼の限定新曲や過去の未発表曲には高いプレミアがつき、それらの収められたオルゴールは貴族の間では贅沢品として有名で、巨万の富を得たという。

確かに兄は昔から音楽に限らず、さまざまなものに精通し、何でもそつなくこなす人だった。そんな優秀な兄を退けるため、緻密に計画を立て汚い手を使ったというのに……。かつて自分がエヴァン伯爵家から追放した兄が、そのような有名な存在になっていたことに、セルジオスは動揺を隠しきれなかった。

「今日はお前に、お礼を言いたくて来たんだよ」

「……お礼？」

「俺の娘を跡取りとして育ててくれて、どうもありがとなぁ」

言われたことを理解できなくて、セルジオスは「兄上の娘!?」と思わず聞き返す。

「セピアは俺の娘だ。嘘だと思うなら、アマリアに聞いてみるといい。面白い事実を教えてくれるはずだぜ」

いくらアマリアが元は兄の婚約者だったとはいえ、そこに気持ちは伴っていなかったはず。現に少し甘い顔をしてやるだけで、アマリアはすぐに自身になびいた。

アマリアの生家、トルテ伯爵家は火属性の家門の中でも補助魔法においては優秀な血筋。だから兄を没落させ婚約が破談になった後、わざわざ演技で告白までしてもらい受けてやった。

(気味が悪いほど俺に夢中なあいつが、そのようなことするはずがない)

愛があったわけではないが、アマリアの自身に対する強い執着心だけは信頼していた。

「この期に及んで婚約者を奪われた僻みですか？　男の嫉妬はみっともないですよ」

「俺は事実しか言っていない。自信があるなら確かめてきたらどうだ？」

鼻で笑う兄の姿が癪に障り、セルジオスは友人と歓談している妻のもとへ向かった。

「アマリア！　お前、不倫をしていたのか!?」

「ご、誤解です！　そのような事実はございません！　リフィアは私と貴方の間に生まれた娘ではありませんか！」

リフィアはと強調するアマリアの不自然な姿を見て、セルジオスは眉間に皺を寄せる。

「なら、セピアはどうなんだ？」

問いかけた質問に、「そ、それは……」とアマリアは言葉に詰まり俯いた。

「『お願いします、貴方の子を生ませてください』と、泣きながら懇願してきたのはお前だよな、アマリア」

後ろから悠々と歩いてきたヘリオスのその言葉に、アマリアは顔面蒼白になる。

「ち、違うんです、セルジオス様！　私は貴方が喜んでくれる、赤い髪の子を生むために仕方なく！」

セルジオスにとって重要なのは、エヴァン伯爵家の血筋の子を残すことではない。兄ではなく、自身の血を継いだ跡取りを残すことが、何よりも重要だった。

（くそっ、せっかく築き上げた地位が、これでは全て台無しだ！）

次男というだけで何の権限も得られない。由緒正しきエヴァン伯爵家の地位も財産も、全てが兄の手に渡る。努力しても認められない日々は、とても腹立たしいものだった。

「俺を喜ばせるために、兄上と情事に耽っていたと？」

セルジオスは唇を嚙んだ。こんな女を少しでも信頼した自身の詰めの甘さが悔しくて。

「仕方ないではありませんか！　あの当時、セルジオス様はほとんど寝室に来られなかった。貴方の望む立派な跡取りを生むには、そうするしか……っ！」

「節操のない自身を棚に上げて、俺のせいにするのか？」

魔力なしの子を生むなどと、リフィアの顔を見る度に当時は苛立ちしか覚えなかった。それでも跡取りを作るため、我慢して寝室に通った結果がこれだ。わざわざ兄の婚約者だった女を妻に迎えたのは、恩を売っておけば従順で扱いやすいだろうと思ってのことだった。しかし蓋を開けてみればそんなくだらない理由で不貞を働くような、倫理観の欠けた女だったとは……血筋だけに目の眩んだ過去の愚かな自分が腹立たしくて仕方ない。

「私が愛しているのはセルジオス様だけです！　ヘリオス様に頼めば、エヴァン伯爵家の血筋を引いておりますし、守護女神の魔法だって……！　だから私は……それなのにっ！」

アマリアが弁明する度に、セルジオスの額には怒りで筋が浮かび上がる。

聞くに堪えない言い訳に堪忍袋の緒が切れ、セルジオスは怒鳴って言い放つ。

「節操なしの女は要らない。アマリア、お前とは離婚する。セピアを連れて直ちに出ていけ。二度と俺の前に現れるな！」

「そ、そんな……」と、アマリアは泣きながらその場にくずおれた。

床を這い醜くすがりついてくる彼女に目もくれず、セルジオスは目的の場所へ歩を進める。そうだ、自分にはまだ『聖女』と呼ばれるできた娘がいるじゃないかと。

（セピア、どこにもいないわね。休憩室で休んでいるのかしら？）

周辺の様子を窺いながらセピアを捜していると、突然会場に大きな怒声がこだました。

小さい頃によく聞いた声と似ている気がして、反射的にリフィアの身体は萎縮し震え出す。

「あっちの方が騒がしいね。何かあったのかな？」

オルフェンが眺める視線の先を辿ると、会場の隅に人集りができていた。人の輪の中心からずんずんとこちらに向かって歩いてくる男性を見て、リフィアに緊張が走る。

もう関わらないでほしいんだけどね……と、オルフェンは小さくため息をついた。

「リフィア、俺が大事なのはお前だけだ。だからどうか頼む！　生まれた子を一人、養子にくれないか？」

目が据わり興奮した様子のセルジオスに、突然両手を掴まれた。

「突然何を仰っているのですか⁉」

「頼む、二番目の子でいいからこの通りだ！」

「跡継ぎはセピアがいるではありませんか。なぜそのようなことを……」

「セピアは俺の子ではない。正しいエヴァン伯爵家の血筋を、俺の血筋を残せるのはお前しかいないのだ。どうか頼む！」

（セピアがお父様の子ではない？　一体どういうこと⁉）

こんなにも切羽詰まった様子の父にお願いをされるのも、頼られるのも、初めてだった。

けれど、これだけは譲れない――子どもをあげるなんて、絶対にできないことだ。

父に初めて自分の意見を言うのは緊張する。それでも真っ直ぐに父を見据え、訴えた。

「お父様、それはできません」

「なぜだ⁉　我が儘は言わない、二人目でいいんだ」

二人目『で』いい。それが我が儘ではないと本気で思っている。どこまでも子どもを都合のよい道具のようにしか思っていない父の発言が、ただただ悲しかった。

（私は自分の子どもに、そんな思いは決してさせたくない！）

「オルフェン様との間に授かる子は、私にとっては大切な子どもたちです。何人目だろうと、養子に出すことは絶対にできません」

はっきりと思いを伝えられたことにほっと息をついたその時、「親の言うことが聞けないのか!?」と鬼の形相で手を振り上げる父の姿が目の前にあった。

咄嗟のことで恐怖に身体が竦み動けない。

衝撃に備え目をつむると、ドサッと何かが床に倒れた音がした。

「ろくに親の役割も果たさなかった者が、身勝手なことを言うな！」

ゆっくりと目を開けると、オルフェンが前に立ち庇ってくれていた。

「お父様、大丈夫ですか!?」

床に尻餅をついたセルジオスのもとへ、心配そうにセピアが駆け寄る。しかし立ち上がるのを補助しようとする彼女の手を、セルジオスは思い切り振り払った。

「俺に触れるな！　この節操なしの娘が！　兄上の子どもなどに家督を譲れるものか！お前は赤の他人だ、二度と俺の前に現れるな！」

セルジオスの放った暴言を聞いて、セピアから自嘲めいた乾いた笑いが漏れる。

「やはり、そうですか。私は、お父様の娘ではなかったのですね……」

目に涙を浮かべると、セピアはその場から走り去った。

「待って、セピア！」

リフィアは思わず、会場を飛び出していくセピアを追いかけた。

「ついてこないでください！」

「待って、セピア。お願い、話を……！」

身勝手な父の言い分で悲しむセピアの姿を見て、胸が苦しくなった。

「どうせお姉様も笑っておられるのでしょう!?　いいざまだって、蔑んでおられるのでしょう!?」

笑えるわけがなかった。あんな発言をする父の機嫌を取り、今までエヴァン伯爵家の跡取りとして懸命にその務めを果たしてくれた妹を、誰が笑えるだろうか。

(それにセピアは、私が本当につらかった時に手を差し伸べてくれた。あの時、素直に手を取ることができていたなら……もう後悔はしたくない!)

「違うの、私は……危ない!　お願い、止まってセピア!」

会場を飛び出したセピアは廊下を駆け抜けていく。あふれる涙に俯きがちに走っているせいか、目の前の階段に気付くことなく、真っ直ぐに突き進んでいく。

リフィアの声は、セピアには届かなかった。

必死に手を伸ばしても、掴むことができない。虚しく手が空を切った瞬間、耳を塞ぎたくなるような落下音だけが、そこには響いていた。

「セピア!」

急いで階段を駆け下りて、踊り場に横たわるセピアのもとへ向かう。頭を打ったのか、じわりじわりと床に広がる赤い血に、一刻の猶予もないとリフィアは悟った。

「汚れるので……来ないでください……」

弱々しく発せられたセピアの声を無視して、彼女の身体を抱き、頭の傷口を押さえながら必死にお願いした。

「神様、どうかセピアの怪我を治してください。私のたった一人の大切な妹を、どうかお救いください！」

リフィアの強い思いが神聖力として身体からあふれだす。温かな光の粒子がセピアに降り注ぐと、瞬く間に怪我を癒やし、血で汚れたドレスや床を綺麗に浄化した。

「これが、聖女の力……」

自身の身体に起こった奇跡に、セピアは驚愕していた。

上体を起こした彼女はこちらを見て、くしゃりと顔を歪め叫んだ。

「どうして、私を助けたりしたんですか……っ！　私はお姉様に嫌がらせをしていた嫌な奴なのに、どうして貴女はいつもヘラヘラして、文句の一つも言わないんですか！」

気が立っているセピアを極力刺激しないように、優しく声をかけた。

「ねぇ、セピア。好きの反対は何か知ってる？」

「突然何を……そんなの嫌いに決まっていますわ！」

「普通はそう思うよね。でも違うの。好きの反対は、無関心なんだよ」

別邸に隔離されて、誰と顔を合わせることもなかった。

食事や衣類は玄関前に義務的に置かれるだけで、誰も屋敷の中には入ってこない。

　セピアが来るまでは、食事を運んでくるのでさえ忘れられている時もあって、一日一食の時もあった。

（誰からも私の存在が忘れられてしまった時のことを想像すると、怖くて仕方なかった）

「無関心？」と、戸惑いを含む声でセピアが呟いた。

「嫌いって思われている間は、まだ貴女の心に私の存在が忘れられていない証拠だって思ってた。だから貴女が毎日私に会いに来てくれて、嬉しかった」

　信じられないと言わんばかりに、セピアは大きく目を見開いて問いかけてくる。

「嫌がらせをしに来るのが、嬉しかったんですか⁉　じゃあ毎日懲りもせずヘラヘラとお礼を言っていたのは、本心だったと仰るのですか⁉」

「皆が私に『無関心』な中で、セピアだけじゃない、私のことを毎日そうして気にかけてくれたのは。それに体調の悪い日の翌日は消化にいいものを用意してくれて、とても嬉しかったのよ」

　耐えるように唇をきつく結んだセピアの目から、涙がじわりと滲みだし頰を伝う。

「姉として貴女に何もしてあげることができなかったのが、本当はずっと苦しかった。私のせいで、いろいろ背負わせてしまってごめんね」

　魔力を持たずに生まれたせいで、リフィアは貴族としての責務を何も果たすことができなかった。本来自分が背負うべきだった負荷までもがセピアの肩にのし掛かり、小さなその身体に無理をさせているのが苦しかった。

「今まで何もできなかった分、これから返していきたいと思っているの。だからセピア、私はまだ、貴女のお姉ちゃんでいてもいいかな？　図々しいお願いかもしれないけど、私は貴女と、本当はもっと仲良くなりたかったの」

わなわなと唇を震えさせるセピアが、「私は……………っ！」と口を開いた時——ガシャン！　と激しい衝撃音が鳴り、目の前で踊り場の大きな窓ガラスが割れた。

禍々しい邪気が集束し、大きな黒い蛇となってこちらへ向かってくる。

「セピア、危ない！」

咄嗟にセピアの前に立ち庇うと、禍々しいオーラを放つ黒い蛇がリフィアの身体に巻き付いた。

そのまま窓の外へ連れ出され、こちらに必死に伸ばされたセピアの手は届かなかった。

「お姉様……っ、チェイスフラワー！」

黒い蛇はじわじわとリフィアの身体を締め付け、禍々しい邪気を放ち侵蝕してくる。

完全に取り込まれる直前、伸ばした手の甲に赤い薔薇の紋様が浮かび上がるのが見えた。

ぼんやりとした視界の中で、悲痛に顔を歪めたセピアの姿を捉えたのを最後に、リフィアは気を失った。

（どうして私なんかを、庇ったりしたんですか……！）

悔しさを滲ませながら、攫われた姉を取り返そうとセピアは窓枠に手を掛ける。リフィアを取り込んだ黒い蛇は、地面に描かれた魔法陣の中へ消えていこうとしていた。

一刻の猶予もないと判断したセピアが窓枠を飛び越えようとした時、「何をしているんだ！」と後ろから身体を抱えられて踊り場に連れ戻された。

「放してください！」

「危ないじゃないか！　ここから飛び降りたら怪我だけじゃすまないぞ！　せっかく授かった命を無駄にするな！」

叱責してくるその聞き覚えのある声に、恐る恐る振り返る。そこには婚約破棄を告げられて以来会っていないラウルスが、ムッと眉間に皺を寄せて立っていた。

「ラウルス様！　大変なんです！　姉が、お姉様が！　私を庇って、黒い大きな蛇に攫われてしまったんです！」

「何だって⁉」

ラウルスが慌てて窓から外を確認するも、そこにはもう誰もいないようだった。

「地面にあった魔法陣に呑み込まれて……早く助けにいかないと、お姉様が……！」

セルジオスの実の娘ではないという愚かな手紙に踊らされ、ちっぽけな自尊心を保つためだけに、嫌がらせをした自身の愚かさが情けなくて仕方なかった。

あれほどに孤独を感じていた姉に手を差し伸べることもなく、憂さ晴らしに利用した最低最悪な自分が許せなかった。

(私はお姉様に、きちんと謝らないといけない！　このままお別れなんて、絶対に嫌だ！)

「闇雲に追いかけるのは危険だ。ここはひとまずオルフェン様に報告だ。転移魔法が使えるオルフェン様なら、すぐに追いかけることができるかもしれない」

冷静に最善策を講じてくれるラウルスのおかげで、少しだけ冷静さを取り戻した。

セピアは頷くと、ラウルスと共に急いで会場へ戻る。

なぜか扉番の護衛騎士はおらず、大扉を開けると驚きの光景が広がっていた。

「どうして、こんな……！」

会場中の人が床に横たわる異様な光景に、「ひっ！」と思わず短い悲鳴が漏れる。

ラウルスはすぐそばに横たわる男性に近付き、容態を確認し始めた。

「どうやら眠っているだけのようだ。エヴァン伯爵令嬢、手分けしてオルフェン様を捜してくれ」

「か、かしこまりました」

しかし会場中どこを捜しても、オルフェンの姿は見つからなかった。

「ラウルス様、これ以上は待てません！　急がないと、お姉様につけた魔法が消えてしまいます！」

「追跡できるのか？」

「はい！　ですがどんどんつけた印が薄くなっています。このままでは……っ！」

「わかった、共に追いかけよう」

「よろしいのですか？」

「君一人を危険な場所へ行かせるわけにはいかない」

嫌悪していても私情は別にして、困った人に迷わず手を差し伸べる。ラウルスのどこまでも真っ直ぐな温かさに触れ、胸の奥がぎゅっと詰まったように苦しくなった。

（あんな薬を使わなくて、本当によかった……）

「ありがとうございます……！」

上位の魔法騎士にしか扱えない幻獣飛竜の背中に乗せてもらい、追跡魔法を頼りに空を飛んでリフィアを追いかける。

移動しながらラウルスは通信魔導具で部下に会場の異常を知らせ、対処を命じた。

「……君は夫人のことを、嫌っていたんじゃなかったのか？　どうして自ら危険に向かおうとする？」

上空を飛行中、後ろから不意に問いかけられ、思わずドキリと心臓が跳ねる。

手綱をぎゅっと強く握り、セピアは答えた。

「あんなに愚かなことをしたのに、『大切な妹』と言って助けてくださったお姉様に、私はきちんと謝って伝えたいことがあるんです」

「この先、どんな危険があるかわからない。それでも、いいのか？」

頬を掠める風は冷たく、向かう先には凶悪な悪魔がいる。正直、怖い。それでもセピアにとって、このまま何もせずに姉を失うことの方が怖かった。

（大丈夫。あの印がある限り、きっとお姉様のもとへ辿り着ける！）

「かまいません。少しでもお姉様を救える可能性があるなら、私は諦めたくありません」

「そうか」と短く呟き、ラウルスは黙ってしまった。

けれどしばらくして、「君は、強いのだな……」と風に乗って聞こえた気がした。

王都から北西へ向かうこと数時間。うっそうと生い茂る森林地帯の上空を飛行中、赤い糸のように伸びる目印の魔力反応が途絶えそうになってしまった。

「ラウルス様、お姉様につけた印が薄れて……」

「おそらくこの樹海のせいだろう。ここは魔力の乱れが大きく、本来なら立ち入り禁止とされている危険区域だ。裏を返せば悪魔が潜むのには最適の場所とも言える」

印が消えてしまえば姉を見つけることは困難だと、焦りと不安が押し寄せる。

「いったん地上に降りよう。空中では探知も安定しにくいだろうから」

「わかりました」と頷くと、ラウルスはゆっくりと下降して地上に降りた。

姉につけた印を集中して必死に探り、樹海の中を進んでいく。しかし突然、魔力反応がプツンと切れ、追跡ができなくなってしまった。

「そんな……お姉様……っ！」

希望が途絶え、セピアはその場にくずおれた。ポタポタと頰を伝って涙が地面を濡らしていく。

「大丈夫。魔法が遮断されたのはきっと、近い証拠だろう。諦めずに捜してみよう」

滲む視界に白いものが映る。顔を上げると、地面に膝をついてハンカチを差し出してくれるラウルスの姿があった。優しく声をかけてくれた彼の瞳にはまだ光が宿っていて、心の奥から少しずつ希望が湧いてくる。

「はい……！　ありがとう、ございます……っ！」

ハンカチを受け取ったセピアは涙を拭い、立ち上がった。

「どこで途絶えたのか、痕跡を探ってみます！」

「ああ、頼む」

（お姉様、必ず見つけてみせます！）

リフィアが近くにいると信じて、セピアはラウルスと共に捜索を続けた。

……第5章　紡いだ絆が結んだ奇跡

『どうして私が、こんな目に……つらい、苦しい、許せない！　憎い、憎い！　こんな世界、無くなってしまえ！』

女の子の悲痛な叫びが聞こえて、リフィアは目を覚ます。

（今のは、一体……ここは、どこ？）

辺りを見回すと、窓一つない部屋の隅にある簡素なパイプベッドに横たわっていた。壁に一つ照明が灯してあるだけの部屋は、湿気を帯び空気が黒く淀んでいるように見えた。

（この感覚は邪気かしら……）

オルフェンに巣くう邪気を払った時より、何倍も濃い邪気が部屋中に充満しているのが見えた。その時、外から穏やかなヴァイオリンの音色が聞こえてくる。

魂を鎮めるような澄んだ旋律に、心なしか邪気の嫌な気配が弱まるのを感じた。

（あの音色、どこかで……）

初めて聞く曲なのに、なぜか既視感を覚える。

もう少し聞いていたいけれど、今はそれどころではない。

誰も来ないうちに脱出を試みるリフィアだが、唯一の出口である正面のドアは鍵が掛かっていて開かない。

改めて部屋を見回して感じたのは、息が詰まるような閉塞感だった。

パイプベッドに机と椅子が一つ、隅にバケツが転がっているだけの殺風景な部屋を灯すのは心許ない照明が一つだけ。

何か手がかりはないかと、机の引き出しを開けてみた。

空っぽに見えた引き出しの奥には一冊のお絵かき帳があった。

開いて目を通すと、最初は同じ年頃の子どもたちと楽しそうに遊んでいる女の子の絵が描いてあった。そこから一人ずつ友人が減っていき、最後には縄で縛られ泣いている女の子と、毒薬のようなものを手にする男性の絵が描かれていた。

その後から、ページは全て強い筆圧で黒く塗りつぶされている。

不気味さを感じたリフィアの手は震え、誤ってお絵かき帳を落としてしまった。

慌てて拾い上げて引き出しの中にしまっていると、カチッと解錠音が部屋に響いて勢いよく扉が開く。

「お目覚めかい、お嬢さん」

振り返ると見知った男性が立っていて、リフィアは驚きで目を見張る。

「どうして、貴方がここに……ファルザン様」

「ファルザン、か。もうその名は必要ない」

そう吐き捨てた男性は、おもむろに頭に手を伸ばし水色のウイッグを取り払った。

父と同じ赤い髪がはらりとこぼれ落ちるのを見て、ギシギシと心臓が軋むような嫌な音を立て、身体が反射的に硬直する。

「俺の本当の名はヘリオス・エヴァン。お前の伯父だ」

「私の、伯父様……？　では貴方が、セピアの本当の父親なのですか？」

「ああ、そうだ。お前が生まれる前に、俺は冤罪を着せられエヴァン伯爵家を追い出された身だ。お前の父、セルジオス・エヴァンによってな」

「お父様が、貴方に冤罪を……!?」

「地位も名誉も婚約者も、あいつは俺から全てを奪い、平然と人を陥れたクズだ。ヘステイア様の意思も理解できず、守護女神の魔法すら扱えぬクズが、エヴァン伯爵家の当主に相応しいはずがない！」

強く拳を握りしめ、沸き上がる怒りを何とか堪えようとしているヘリオスを見て、リフィアは自身がここに囚われた理由を悟る。

「私をここへ連れてきたのは、父への復讐のためですか？」

「ああ、そうだ。冬の舞踏会での醜態は、実に傑作だったな。あいつが何よりも固執していた権力はまもなく失墜する。その後唯一の血筋であるお前を始末すれば、未来永劫あいつの子孫がエヴァン伯爵家を継ぐことはない。本来のあるべき姿に戻るのだ」

（父が不正を働かなければ、私は生まれなかった。セピアが理不尽に苦しむことも、なかったのね……）

全く魔力を持たずに生まれたのは、存在自体が罪の証だったからなのかもしれない。

気が付くとリフィアは、深々と頭を下げていた。

「父がご迷惑をおかけして、誠に申し訳ありませんでした」

「聖女様はご崇高だな。むしろあんなクズのもとに生まれたから、そうなったのか？」

まるで自問自答するかのように呟かれたヘリオスの言葉には、微かな戸惑いが見て取れた。しかしすぐにそれを打ち消すように、鋭い双眼がこちらを睨み付ける。

「だが同情はしない。お前が聖女である以上、俺はあの方と交わした契約を守らなければならないからな」

ヘリオスが左手を前に突き出すと、彼の額に赤いスペードの紋様が浮かび上がった。

空気がピンと張り詰め息苦しさを感じていると、彼の手に黒い球体が現れ、禍々しい邪気を放つヴァイオリンへと変化する。

「さぁ、全てを憎み、怒りを爆発させろ」

ヘリオスが黒いヴァイオリンを構えて弓を引くと、今までの心地のよい演奏とは全く違う、破滅へと誘う恐ろしい旋律が体内を駆け巡る。大切な思い出を壊され、頭の中をぐち

やぐちゃにかき混ぜられたかのように、気分が悪い。

「どうだ？　全てを壊したい気分だろう？　ワンフレーズ聞いただけで、普通の人間は簡単に凶暴化する」

　目眩に耐えきれず、リフィアはその場にうずくまった。

　深呼吸を繰り返しながら心を落ち着かせ、ゆっくりと顔を上げて答えた。

「壊したく、ありません。私は、今あるものを、大切にしたい……です」

「このヴァイオリンで奏でる魔性の旋律は、相手を意のままに操ることができる。まさか命令に抗い正気を保っていられるとは……やはり、一筋縄ではいかないか」

　演奏を止め大きくため息を漏らすヘリオスに、リフィアは恐る恐る尋ねた。

「あの方……？　交わした契約って、一体何を仰っているのですか？」

「作られた聖女を怒らせろ。悪魔と契約を交わす対価として、俺に与えられた使命だ」

　状況を呑み込めず戸惑っていると、ヘリオスはさらに信じられない言葉を口にした。

「お前は一度、死んでいるんだろう？」

「死んでいる？　そんな経験、あるわけ…………っ！」

　不意に昔のことを思い出して、ゾワッと背中に悪寒が走る。母に頬をぶたれ、壁に打ち付けられ、腹部を強く足蹴にされた。あの時確かに、自分は死を感じていた。

「あの方は言っていた。不遇な境遇において、それでも与えられた不条理に他者を恨まず怒らず死んだ少女に、神は力を与えて復活させているのではないかと。聖女の力に怒りの感情が加われば、火に油を注ぐようなもの。普通の人間にはとても制御できるものではない。だから神は怒りの感情が欠落した少女に、聖女の力を与えているとな」

にわかには信じがたい話だが、そっくりそのまま自分に当てはまる。

ひどい怪我が一晩で治ったのも、神聖力に目覚めた経緯も。そして……怒りの感情がわからない理由も。

「私は……神様に作られた存在、だったのですか？」

「さぁな。ただ俺は聖女を怒らせて、強大な力を発動してこいって命じられているだけだ。人工的に作られた聖女と違って自然培養のお前なら、きっと強い力を発揮するだろうとあの方も期待されているのだ」

「人工的に作られた聖女……まさかっ！」

ヘリオスの後ろでざわざわと邪気がうごめき、集まって濃くなっていくのを感じた。

「ここは昔、身寄りのない子を集めて聖女を作る実験を行っていた施設だ。わざと不遇な境遇に追い込み、薬で怒りの感情を抑えさせ、死を体験させていたと言えばわかるか？」

さっきのお絵かき帳が脳裏をよぎり、リフィアの顔からさっと血の気が引いた。

「感じられるだろう？　惨たらしく未来を奪われた者たちの悲痛な叫びが」

ずるい、どうしてお前だけ幸せなんだと、悲痛な少女たちの叫びが黒く淀んだ邪気となり、こちらに鋭い悪意を向けているのを感じる。

全身にぞくぞくとした寒気が走り、鳥肌が立った。

(なんて悲しくて、深い怒りなの……)

「さぁ、お喋りはここまでだ。お前に直接仕掛けても意味がないなら、操る対象を変えよう。怒りを解き放て、憤怒の輪舞曲！」

ヘリオスは再びヴァイオリンを構えて弓を引いた。

荒々しい怒りを助長する旋律に呼応するように、周辺の邪気が集まり三体の黒い影が鋭い牙や爪を持つウルフの形を模していく。

「お前がこのように理不尽な目に遭うのは全て、あのクズな父親のせいだ。恨むといい」

黒いウルフたちが唸り声を上げながら、こちらへ攻撃を仕掛けてきた。

「きゃあ……！」

後退ると壁に背中がぶつかり、リフィアはその場に身を竦める。眼前に鋭い牙が迫った時、左手の薬指に嵌めた指輪が大きく光った。

「キャイン！」

黒いウルフたちは短い悲鳴を上げて消滅する。

その際、大きく開かれた赤い目から、水滴がこぼれ落ちたのが見えた。

「リフレクターのかけられた装身具を嵌めているのか。それなら……」

ヘリオスは再び黒いウルフを複数作ると、容赦なくこちらへ攻撃を仕掛けてくる。

ウルフが向かってくるたび攻撃が反射して、一つ、また一つと、指輪に嵌められたメレダイヤモンドが砕けていく。オルフェンにもらった結婚指輪には、もうメレダイヤモンドは残っていなかった。

輝きを失ってしまった指輪に触れ、残された温もりを感じ取る。

（たとえ私の存在がお父様の罪の証だとしても、オルフェン様は私を愛して必要としてくださった。こんなところで、諦めたくない！）

少しだけ冷静になった頭で、リフィアはヘリオスをじっと観察する。今までの彼の行動を思い出し、自然と視線は彼の持つ黒いヴァイオリンに注がれた。

（あのヴァイオリンさえ何とかできれば……）

「そろそろ弾切れだろう？」

ヘリオスが再びヴァイオリンを構えた瞬間、リフィアは周囲を浄化して邪気を払いつつ走った。目的のヴァイオリンを掴むと、思いっきり神聖力を流し込む。

「これ以上、死者の魂を冒瀆するのはおやめください！」

黒いウルフたちが消える直前、リフィアには彼女たちが泣いているのがわかった。死んでまで利用される悲しさに、涙を流していたのだろう。

少しでも彼女たちの悲しみが癒えるように願うと、強い神聖力を流し込まれた黒いヴァイオリンは、跡形もなく霧散して消えた。

「……おのれっ！」

振り払われ、リフィアは壁に身体を打ちつける。

「聖女なんて所詮使い捨てだ。壊れれば新たに作られるだけ。わざわざ誰も助けに来ない。もちろん邪魔だった公爵も眠らせてきたからな。俺を怒らせるだけ、無駄だってことすらわからないのか？」

「ええ、わかりません。役目が終わったというのなら、これからは……私が好きなようにやらせていただきます！」

（オルフェン様と結婚式を挙げる約束をしたもの。セピアからまだ、返事を聞いていないもの。私はこんなところで死ねない！　死にたくない！）

近くに転がっていたバケツを掴み、ヘリオスに投げつける。

彼が怯んだ隙にドアへ走り、部屋から脱出した。

廊下にはいくつもの扉があり、左側に階段を見つけた。湿気があり窓が一つもないのは、ここが地下だからではないかと判断したリフィアは、咄嗟に階段の方へ走る。

「逃がすものか！　ファイアーボール」

ヘリオスの放った火球が、リフィアの周辺を容赦なく焼いていく。熱さに耐えながら何とか階段をかけ上り、廊下を走ると目前にエントランスが見えた。

外に出られると思ったのも束の間、扉には鍵が掛かっており開かない。

「残念だったな、お遊びはここまでだ」

「……っ、ここは……」

ぼんやりした視界が鮮明になって、目に飛び込んで来たのは鉄格子と見慣れない天井。

上体を起こすと、大きな鳥籠のような檻の中に囚われていることに気付いた。

（どうしてこんなところに……）

オルフェンは必死に自身の記憶を辿った。リフィアを追いかけようとしたところで、突然曲調の変わった音楽に違和感を覚えてその場に倒れた。

『結局、止められなかったのか……っ！　すまない……』

意識を失う直前、頬に水滴が落ちてきたのを思い出す。何気なく向けていた視界の先に、見覚えのあるガラクタのような魔導具がたくさん飾られた棚を捉え、気付いてしまった。

ここがアスターの自室であると。

悪戯にしては笑えない。腸が煮えくり返りそうになった時、「もっと寝ていてくれた方が、私的には都合がよかったんだけどね……」と苦笑いを漏らしながらアスターが部屋に入ってきた。

「こんな悪趣味なことをして、どういうつもりだ、アスター！」

「たまには逆があってもいいだろう？　お前は私を守るために、いつもプリズンガードを唱えてくれたじゃないか」

「守るために閉じ込めたとでも言いたいのか？　ふざけるな、早くここから出せ！」

魔法で檻を破壊しようと試みるが、詠唱の術式を邪魔されてうまく発動しない。

「無駄だよ。その中では、全ての魔法は無力化される。それに基の力だけでは、檻を物理的に壊すのも不可能さ」

「何が目的だ？」

「悪いけどルー、お前にはそこで一晩過ごしてもらうよ」

「なぜだ、理由を教えろ！」

「フィアが悪魔に攫われた。もう助からない。お前まで無駄死にさせないための措置さ」

血の気がさっと引いた。しかし言葉の意味を理解して、ふつふつとした怒りが沸き起こる。オルフェンは檻に掴みかかり叫んだ。

「つべこべ言わず、今すぐここから出せ！」

「お前だってよくわかっているだろう。攫われた時点で助けられない。もう手遅れだってことが」

自分を庇って悪魔に攫われた父の姿を思い出す。

もう諦めるしかないとわかっていても、オルフェンにはそれができなかった。

「それでも僕はリフィアを助けに行く！」

（父上に守られることしかできなかったあの時のように、もう後悔だけはしたくないんだ！）

「それなら私は、全力でそれを阻止させてもらうよ」

アスターは呪文を唱えるとさらに檻を強化して、外側に光の壁を追加した。

「檻から手を出すと高温の光が容赦なく手を焼くよ」

「なぜこんなことをする⁉」

「それが私の使命だから。ごめんね、ルー。本当は全部知っていたんだ。お前が私を庇って呪いを受けることも、それがきっかけで聖女が完全に覚醒することも」

オルフェンは拳を強く握りしめ、「何を……言っている⁉」と震える声で問いかけた。

「枯れゆくこのヴィスタリア王国を救うためには、聖女の存在が不可欠だった。だから私は全てを知っていながら、たとえお前が呪いで苦しむとわかっていても、見て見ぬふりをし続けた」

「余計な御託はいい、早くここから出せ！」

こうしている間にもリフィアの身に危険が迫っていると思うと、歯痒くて仕方なかった。

「残念だけど、お前を行かせることはできない」と言って目を伏せるアスターに、「なぜだ、わかるように説明しろ！」とオルフェンは激しい剣幕で苛立ちをぶつけた。

じっとこちらを見て「世界が滅ぶから」と、アスターは信じられない言葉を口にした。

「何を言って……」

アスターが意味のわからない行動をするのは、わりと日常茶飯事のことだ。それに振り回され疲弊した日々は数えきれず。しかし今日はいつにも増して、意味がわからなかった。

「お前には死相が出ている。愛する者を奪われた聖女は怒りに我を忘れ、世界を無に帰するだろう」

「そんな未来、来るわけないだろう!?」

(僕が死んで、リフィアが世界を滅ぼす!? そんなことありえない！)

「聖女に目覚める条件は一つ。虐げられ、惨たらしく命を奪われても、決して怒らないこと。聖女が怒ると、その強い浄化作用で全てを無に戻してしまうからね」

淡々とした口調で説明するアスターの目に、光は宿っていなかった。

「おい、ちょっと待て。その言い方だと……リフィアは一度死んでいるのか!?」

「そうさ。神が認めた高潔な無垢なる魂は、聖女の力と共に蘇生される。そうしてやっと、聖女の卵がこの世界に誕生するのさ」

「なぜそんなことを知っている？」

「本当は百年前にもいたんだ。何人も何人も使い捨てにされた、実験で作られた聖女が」

「作られた聖女、だと!?」

「人工聖女の力は弱すぎて、フィアの力の足元にも及ばない。何人もの魔力を持たない少女たちの未来を占って、私はやっと見つけたんだ。本物の聖女の器を持つ少女を」

全身に鳥肌が立った。アスターが昔から王都を抜け出してはよく平民の女の子を追いかけ回していたのは、そのためだったのかと。

「じゃあ君は、ずっと前からリフィアのことを知っていたのか？」

「ああ、そうさ。フィアはとても死にやすい未来を持っていた。聖女の力が目覚めるまで虐待されて死なないよう、エヴァン伯爵家に部下を忍ばせ陰ながら見守ってきた。だが私は守れなかった。一度、死なせてしまった。それが皮肉にも、聖女になるための条件なのだと、後に父上に見せられた王家の極秘資料を読んで知ったんだ」

当時のことを思い出したのか、アスターの虚ろな瞳には、微かに悲愴感が滲みだす。

「魔力がなくて魔導具が使えず悲しんでいたことも、お前にもらったコートを心の支えにしていたことも、全部知っている。私にとってフィアは、妹のように大切な存在だ！」

「だったらどうして、助けに行かない！　自分のしていることが、わかっているのか！」

「私は王太子として、国を守らねばならない。一人の命と多くの民の命、天秤にかけずともどっちを優先すべきかわかるだろう？　そこに私情を挟むわけにはいかないのだ」

何かにつけて「全ては星の導きさ！」と笑って誤魔化す、いつもの道化師のようなアスターの姿はそこにはなかった。

もしかしたら今までの奇想天外な言動も全て、最初から演技だったのかもしれない。そう思えるほど、今のアスターはただ使命を冷静に全うするだけの操り人形のように見えた。

「見損なったぞ、アスター。君がそんなものに縛られるなんて、らしくないじゃないか！」

「煽っても無駄だよ。私は、私の使命を全うする。ごめんね、ルー。フィアのおかげで、あと数百年くらい世界樹は保つだろう。だから彼女の役目は、ここで終わりだ」

「僕にとってリフィアは、そんな取り替えのきく存在じゃない！　ふざけるな！　悪魔は僕が倒す。死ななければいいだけだ」

オルフェンは床に手をつき極大魔法を放とうとした。いくら魔法が無力化されようと潜在的な魔力量は自身の方が格段に上だ。根比べをすればアスターの作った檻くらい壊せる自信があった。ただし壊れた瞬間、王城ごと瓦礫の山と化してしまうだろう。

「やめろ、ルー！　そんなことをしても誰も救われない！」

「リフィアを助けに行くためだ、多少の犠牲は仕方ない。仕方ないことだ……っ！」

その時、胸の内ポケットが熱を持ち、リフィアの泣き顔が頭に浮かんだ。

（僕は、馬鹿だな。冷静さを失っていた……）

関係のない人々を犠牲に助けられても、リフィアはきっと悲しみ心を痛めるはずだ。

『これからの未来を大切にしたい』と言っていた彼女に、そんな重荷を背負わせるわけにはいかない。それにここで魔力を使い果たして、どうやって悪魔からリフィアを救うことができるだろうか。冷静になった頭で、オルフェンはアスターをじっと観察した。

「もう無理なんだよ。星の導きの書には、全ての未来が記載してある。私はそれを永い年月をかけて隅々まで読んだ。ここでフィアを手放す以外に、世界が助かる道は残されていないんだ」

悲しそうに笑うアスターを見て、オルフェンは悟った。その瞳に宿るのは、深い絶望と諦めの感情。全ての可能性を打ち消されて、数多の希望が潰えた者の目をしていた。

「君が今までやってきた破天荒で迷惑な行動や実験は、未来を変えるためにもがいていたんじゃないのか？」

新人魔術師の訓練を厳しくしたのも、悪魔に抗える強い人材を育てたかったのだろう。珍しい素材が必要なんだと辺境の地によく連れ回されたのも、対悪魔に有効なアイテムを作りたかったのだろう。

星の導きに抗うためにもがいて足掻いて、人一倍苦しんでいたのは、紛れもないアスター自身だったのではないか。今までのことを思い出しながらオルフェンは問いかけた。

「ああ、そうだよ！　でも私は結局、何も変えられなかった。星の導きからは、定められた運命からは逃れることができなかった……！」

アスターの持つ星の導きの書に視線を移しながら、オルフェンは優しく声をかけた。

「アスター、僕にもそれを見せてくれないか？」

「それで諦めがつくなら、見せてあげるよ」

魔力を通し目的の光るページをめくったアスターは、檻に近付きオルフェンに見せた。

（星の導き……全ての未来が記された書……）

オルフェンは檻から両手を出して、アスターの持つ星の導きの書を掴んだ。

「ちょっと、何やってるの!?」

ジリジリと両手の皮膚が焼けるように熱い。それでもオルフェンはそれを握りしめたまま言った。

「全てが定められた運命？　だったら僕はそんな運命、ぶっ壊して新たな道を作ってやる」

檻の外にある両手に光属性の魔力を集中させ強化したオルフェンは、星の導きの書を破り捨てた。千切られた書が、光の粒子を放って消えていく。

「これで未来は誰にもわからない。僕は、運命を断ち切る！」

「は、ははは、まさか、そんな物理的に壊してくるなんて、思いもしなかったよ。これ、代々受け継がれてきた王家の家宝なんだよ……」

こちらを見て、アスターは呆然とした様子で乾いた笑いを漏らしている。

「僕は脳筋剣聖の息子だからな。父なら間違いなく、こうするだろう」

無理難題も魔法で身体を強化して、剣で全てを薙ぎ払ってきた父の背中を思い出す。

(父上に感じていた負い目を昇華し、こうして胸を張れるようになったのはきっと、リフィアのおかげだな)

「この件が父上にバレたら、私は廃嫡されるかもしれないな」

「その時は僕も一緒に、公爵位を捨ててやる。生きてさえいれば、どうとでもなるだろう」

「お前は本当に、大馬鹿だよ。でも私は、そんな大馬鹿が嫌いじゃない。むしろ大好きだ！」と、目の端に滲む嬉し涙を拭いながら、アスターが叫んだ。

「気持ち悪いこと言ってないで、早くこの檻をどかしてくれ」

「ああ、もちろんさ！」と頷いたアスターは、魔法で作った檻を解いてくれた。

「ルー、お前はその手で戦えるのか？」

真っ赤に腫れた両手を見て眉間に皺を寄せるアスターに、「問題ない。魔力で強化すればいい」とオルフェンは返す。それよりも今はリフィアの居場所を探るのが先だと、結婚指輪に仕込んでおいた印を頼りに探知し始める。

「ん？　さっきから左胸がずっと光ってるけど、それはなんだい？」

アスターに指差され確認すると、胸の内ポケットが光っていた。

先程自身に冷静さを取り戻させてくれた熱の正体はこれだったのか。リフィアにもらった大切なハンカチを懐から取り出すと、ふわふわと浮いて声が聞こえてくる。

『問題ないじゃないわよ！　全部聞いていたわ。私が治してあげるから、絶対リフィアを連れて戻ってきなさい！』

どうやらこのハンカチにはセレスの祝福が与えられていたらしい。

部屋一面に降り注ぐ光の粒子が、オルフェンの両手の怪我を瞬く間に癒やしていく。

（そうか……リフィアはずっと僕を守ってくれていたんだな……）

「今のは世界樹様の声かい⁉」

「ああ、そうだ」

感謝をしつつ、力を失ったハンカチを丁寧に畳んで再び胸ポケットにしまう。

その時、嫌な魔力の波動を感じた。

（リフィアの身に、危険が迫っている……っ！）

結婚指輪に施しておいた防御魔法が破られた合図に、オルフェンは焦りを滲ませる。

一つ破られた後、次々と役目を果たした魔法の効力が失われていく。

受けた攻撃を三倍にして撥ね返す魔法をかけていたが、それだけで悪魔が死ぬとは到底思えない。

「急ぐぞ、アスター！」

ヘリオスの放った火球が建物に燃え移り、勢いを増していく。

「どうだ、怖いか？　憎いか？　理不尽だろう？　本能のまま怒り泣き叫べ」

激しく燃え盛る家屋を背景に、ヘリオスは不敵に口角を上げて笑っている。

「どうしてこのような暴挙に……このままではヘリオス様まで！」

「悪魔と契約した時点で、元からそのような選択肢はない。邪魔者を全て消して、後は娘に託すだけだ」

ヘリオスの青い瞳には、固い覚悟があるように見えた。

邪魔者にはヘリオス自身も含まれているのだと、その言葉で気付かされた。

（この方は復讐を終えたら、最初から死ぬ気だったのね……）

こんな形でエヴァン伯爵家を託され、憧れの音楽家が悪に手を染めた自身の父だと知ってしまったら、セピアはきっと心を痛めるだろう。

「王都の中央広場で聞かせていただいたヘリオス様の演奏！　澄んだ音色がとても素敵で感動しました。楽しい時間を与えてくださり、ありがとうございます」

「命乞いか？　今さらそんなもの、なんの意味もない」

ジリジリと歩み寄り距離を詰めてきたヘリオスに、首を掴まれ壁に押さえつけられる。

「意味は、あります！　貴方の作った曲に大勢の人々が心を傾け、尊敬しています。セピアだって貴方の曲に、嬉しそうに耳を傾けていました」

他者を操る悪魔の黒いヴァイオリンと、普段の彼が使う琥珀色のヴァイオリンから奏でられる演奏は、明らかに別物だった。舞踏会の前に見た彼のヴァイオリンはよく手入れがされていたし、優しく丁重に楽器や弓に触れて演奏準備をするその仕草は、彼が普段からそれらを大切にしている証拠だろう。

音楽に向き合う彼の全てが偽りだとは、リフィアには到底思えなかった。

「娘が……俺の作った曲を……？」

大きく目を見開き、戸惑いがちに放たれたヘリオスの声は微かに震えていた。

動揺しているのか、押さえつけられた首の力も緩んだ。

ヘリオスの中に少なからずセピアへの愛情を確認したリフィアは、彼の腕に優しく両手を添えて言葉を続ける。

「セピアは、とても優しい子です。私に迷わず手を差し伸べてくれたあの子の瞳には、強い正義が宿っていました。それも全て、貴方から受け継いだもの、だったのですね」

あの悪意に満ちたエヴァン伯爵邸の中で、幼いセピアのその行動にどれだけ救われたかわからない。

「今ならまだ引き返せます。ヘリオス様、どうかセピアのためにも、これ以上その手を悪に染めるのはおやめください！」

ヘリオスと悪魔の繋がりを断ちきるべく、リフィアは神聖力を流し込む。

しかし途中で「やめろ！」と振り払われ、床に倒れこんでしまった。

「お前に俺の何がわかる！　正義だけあっても力がなければ、せっかく手に入れた大切な居場所も守れない！　あのクズは貴族の務めもろくに果たさず、路頭に迷う俺に救いの手を差し伸べてくれた恩人たちの村を……っ、魔物の襲撃から見捨て壊滅させた。そんなクズの娘が、偉そうに説くな！」

まるで魂の慟哭のような叫びに、少しだけ彼の本質に触れることができた気がした。

（オルフェン様と同じだわ。この方はやはり、大切な人たちのために怒れる優しい方だったのね）

命を懸けて復讐を成し遂げようとするヘリオスは、家を追放され、行き着いた村で救ってくれた恩人たちすらセルジオスのせいで失ってしまった。生半可な覚悟で悪魔と契約を交わしたのではないのだろう。

目の前にはこちらに手をかざし、激昂したヘリオスが魔法を放とうとしている姿がある。

神聖力は届かず魔力もない自分には、これ以上抗う術もヘリオスを止める術もない。

こんなところで死にたくない、せめてもう一度オルフェンに会いたいと願っても、脱力したリフィアの身体には逃げる力も残されていなかった。そっと目を閉じて浮かんでくるのは、愛しい人と過ごした記憶だった。オルフェンと過ごした、幸せに満ちあふれたかけがえのない日々を思い出しながら、リフィアは頰に涙を伝わせる。

(世界で一番誰よりも、貴方のことを愛しています、オルフェン様……)

もう会えない愛しい人に想いを馳せていたその時、横にあった玄関の扉にスパンと無数の線が刻まれ、バラバラと崩れ落ちた。

「フローガフィラフト!」

リフィアとヘリオスの間を隔てるように赤い炎の壁が出現した。

涙ぐみながら「お姉様!」とこちらに駆けてくるセピアと、魔法剣を構えるラウルスの姿がそこにはあった。

「セピア、それにラウルス様までなぜここに!?」

「お姉様を助けに来ました! よかった、ご無事で……!」

「夫人、お怪我はありませんか?」

セピアにぎゅっと抱き締められ、ラウルスに優しく声をかけられ、これは夢ではないとようやくリフィアは実感できた。

「はい、大丈夫です。二人とも、ありがとうございます」

「ここは危険だ。エヴァン伯爵令嬢、夫人を連れ避難を! 敵は俺が引き受ける」

「かしこまりました。さぁ、お姉様こちらへ」

ラウルスの指示に深く頷くと、セピアが補助して立ち上がらせてくれた。

「どうしてお前が、ここに……」

動揺するヘリオスを一瞥して睨みつけたセピアに手を引かれ、そのまま外へ走り去る。

魔法剣を構えながら、後追いさせないようラウルスが背中を守ってくれた。

何とか安全な庭まで避難できた瞬間、建物がより一層激しく燃え上がり倒壊していく。

星月夜の下で視界に広がるのは、草が生い茂る荒れた庭と、壊れた高い壁のフェンスの先で揺れる木々。辺りに人の気配はなく、深い森の中にひっそりと建てられた建物だけが赤く燃えていた。

(思わず逃げてしまったけれど、私に助けてもらう資格なんてあったのかしら……)

その時、燃え盛る建物から屋根を突き破って何かが天に向かって飛び出した。

「セピア。どうしてお前まで、俺をそんな目で見るのだ？」

ヘリオスは満月を背にし、底冷えするような低い声で尋ねた。悪魔の力に身を染めたヘリオスの頭には角が生え、手足には獣のように鋭く尖った爪がある。

バサバサと翼を広げて飛ぶ異形の姿は、もはや人間ではなかった。

「なぜあんな化物が、私の名前を……」

驚愕するセピアを見て、リフィアは胸が引き裂かれるような思いだった。

もっと違う出会い方をしていれば、こうしてヘリオスとセピアが敵対することもなかったのかもしれない。不安に震えるセピアの手を、ぎゅっと握り返してあげることしかリフィアにはできなかった。

「お前は俺の血を継いだ優秀な子だ。そんなクズどもと一緒にいる必要はない。さぁ、こちらへ来るんだ」

「貴方が私の父親……？　ふざけないでください！」

強い拒絶を受けたせいか、ヘリオスの纏う雰囲気が変わった。邪悪なオーラを放ち睨みつけるヘリオスからセピアを庇うように、ラウルスが前に出る。

「二人に手出しはさせない。君の相手は俺だ。フォティアペタルーダ！」

無数の炎蝶を召喚して背に従えたラウルスが、魔法剣を構えて対峙する。

「おのれ！　邪魔をするな！」

鋭い爪を振りかざし、空から急降下して攻撃を仕掛けてくるヘリオスに、ラウルスは炎蝶を放った。触れた瞬間爆発する炎蝶でヘリオスの視界を遮る。

その隙に高く跳躍したラウルスは、背後から火を付与させた魔法剣で切り伏せた。

「馬鹿だなお前。自分から罠に掛かりに来るとは」

ヘリオスはそのまま地面に落ちるも、なぜか不敵に笑っていた。

「くっ、こ、これは……」

カランとラウルスの魔法剣が地面に落ちる。

身体を小刻みに痙攣させ、ラウルスはその場にうずくまった。

「半悪魔化した俺の血には特殊な効果があるんだよ。返り血のせいで痺れて動けないだろう？　邪魔者は一匹ずつ消していくか」

ヘリオスは容赦なく鋭い爪を振りかざしてラウルスを痛めつけた後、その場で蹴り飛ばして足で踏みつける。

「ラウルス様！」

「ぐっ……来るな！　君は夫人を連れて、早く逃げるんだ！」

目を覆いたくなる光景を前に、セピアは頬に涙を伝わせ、唇を強く噛みしめていた。

ラウルスの騎士服は赤く血に染まり、早く治療をしなければ危険な状態だった。

「セピア。私があそこの生垣の陰から移動して、ラウルス様を治療しに行くわ」

ヘリオスに聞こえないようこっそり耳打ちすると、「私があいつを引き付けますので、どうかラウルス様をお願いします」とセピアは乱暴に涙を拭った。

任せてと頷いたリフィアは、握っていたセピアの手を放しそっと生垣の裏に隠れる。

準備ができたところで合図を出すと、セピアは大きく息を吸い込み「やめてください、お父様」と声を張り上げた。

「今のは、俺に言ったのか……？」

「はい、そうです。先程は動揺してしまって、酷いことを……申し訳ありません、でした。よければお父様を、もっと近くで拝見させていただけませんか?」

ラウルスを踏みつけながら振り返ったヘリオスに、セピアは震えそうになる喉を叱咤しながら、必死に平静を装い話しかけている。

「ああ、いいだろう。俺にとってはお前だけが、最後の希望だったからな」

セピアがヘリオスの気を引き付けてくれているうちに、リフィアは音を立てないよう細心の注意を払ってラウルスのもとへ向かう。

「お父様のお名前を、お聞かせ願えませんか?」

「俺の名前はヘリオス・エヴァンだ。ファルザンという偽名を使い音楽活動をしていた」

「有名音楽家のファルザン様は、お父様だったのですか!?」

セピアのおかげでラウルスのもとに辿り着いたリフィアは、急いで治療に取りかかる。

(酷い怪我だわ。勇敢に戦い私たちを守ってくれたラウルス様に、深く感謝します)

心の中で強く祈り神聖力を流して治療していると、ゾクリと恐ろしい殺気を感じた。

「お、お父様、私、もっとお父様の作られた楽曲について……」

「邪魔なあいつらを始末した後、存分に教えてやる」

翼をはためかせ素早くこちらに近付いてきたヘリオスは、強靭な爪を振り下ろしてくる。

衝撃に備え目を閉じると——ガキン! と金属音が鳴り響く。

「今のうちにどうか、夫人だけでもお逃げ……くだ、さい」

間一髪、まだ治療の終わっていないラウルスが、魔法剣で何とか攻撃を防いでくれた。

（まだ傷も塞がっていないのに、こんな状態のラウルス様を置いてはいけないわ……）

後ろからラウルスに神聖力を送り込み、治療を施す。

「余計なことをするな！」

激昂したヘリオスの強靭な爪にラウルスは薙ぎ払われ、リフィアは肩を蹴り飛ばされて地面に叩きつけられる。

「よくも……ラウルス様とお姉様を！　聖なる炎の守り人たる我、セピア・エヴァンが命じる。秩序を司る女神ヘスティアよ、森羅万象の理を解きて、今ここにある不条理を燃やしつくせ！」

肩の痛みをこらえ上体を起こすと、上空には悠然と翼をはためかせる火の鳥の姿があった。大きく口を開けた火の鳥は、ヘリオスに向かって聖なる灼熱の炎を放つ。

（あの火の鳥は、エヴァン伯爵家に伝わる守護女神様の魔法！　セピア、すごいわ！）

背中から火の鳥の攻撃を受けたヘリオスの目に、うっすらと涙が滲んでいるのが見えた。

「やはりお前は、立派な俺の……娘だ」

そう言い残して、ヘリオスはその場に倒れた。

（今のうちに、ラウルス様の治療を……）

強靭な爪で大きく裂かれた傷を、リフィアは懸命に治療する。

「お姉様、ラウルス様、ご無事ですか⁉」

心配そうにセピアがこちらへ駆け寄ってきた時、上空から嘲笑混じりの少年の声が聞こえてきた。

『なーに、そのざま。まったく使えないな。その身体朽ちるまで、契約はしっかり遂行してよね』

(今の声、どこかで聞いたことがあるような……？)

空を見上げると、銀色の翼を優雅にはためかせる鳥の姿がある。異質なオーラを放つ鳥はヘリオスの頭上に着地すると、吸い込まれるように消えてしまった。

次の瞬間、赤い魔法陣が地面に浮かび上がり、周辺を漂う邪気までもがヘリオスの身体に吸い込まれていく。

負った傷が瞬く間に修復され、何事もなかったかのように起き上がったヘリオスが、驚くほど無邪気な笑みを浮かべて問いかけてきた。

「さぁ、ここからが本番だよ。聖女様、そこの女と男の命、どちらが大事？」

まるで子どものようにセピアとラウルスに指を差す幼稚な姿に、ヘリオスの面影は微塵も感じられない。

(この方は、誰⁉　まさか、悪魔に身体を操られて……)

「はい、時間切れー。両方要らないんだね。だったらまとめて、消してあげる。夢魔族最強の悪魔であるこの僕、メア様が直々に手を下してやるんだ。光栄に思うといい」

扇状に複数のカードを召喚したメアは、それをこちらへまとめて投げた。カードが途中で黒い竜へと変化し、容赦なく四方から襲いかかってくる。

「フローガフィラフト！」

咄嗟にラウルスが手を伸ばし、炎の壁でドーム状のバリアを張ってくれた。

バリアを破ろうと、黒い竜たちが鋭い角で容赦なく体当たりしてくる。ガシンと大きな音が鳴る度にバリアには少しずつ亀裂が入り、破られるのは時間の問題だった。

「私の命を差し上げます！　だからどうか、二人にはこれ以上手を出さないでください！」

「僕が見たいのは命乞いじゃなくて、君の怒りだよ。助けたいなら怒ってごらんよ」

理不尽だと感じたら怒っていいとオルフェンは教えてくれた。

自分のせいでセピアやラウルスを危険に巻き込み、この上なく理不尽な状況だ。

（それなのに、どうして私は怒れないの……っ！）

「そんなに簡単なこともできない、可哀想な聖女様。都合よくこの世界に利用されて、搾取される人生は幸せかい？」

人としての欠陥を利用して作られた聖女に、幸せなんて訪れない。そう示唆されているようで、心が軋む。否定したいのに、喉からヒューと空気が抜けて言葉がうまく出せない。

「お姉様、悪魔の言うことなどに耳を貸してはなりません！」

「そうです、大人。奴等は狡猾に人の弱みにつけこんで攻撃してきます。耳を傾ける必要などないのです」

二人の温かな優しさに、思わず胸が苦しくなった。守りたい、失いたくない。

「何が幸せかは、私が自分で決めます！」

「そう。だったら僕が、君が知らない感情を教えてあげるよ」

メアがパチンと指を鳴らすと、黒い竜たちが上空を旋回しながら一つにまとまり大きくなった。鋭い眼光がこちらを捉え、巨大化した黒い竜が一気に急降下してくる。

咄嗟に二人の前に立ったリフィアは、庇うように両手を大きく開いた。

（少しでも浄化して、私が二人を守る！）

バリアを噛み砕こうとする鋭い牙が眼前に迫った時、轟音を立てて空から大きな雷が落ちた。

「よくも無断で、僕の大切な妻を連れ去ってくれたな」

愛しい人の声が聞こえた気がした。

巨大な黒い竜が消滅したその先に佇む人物を見て、思わず涙で視界が滲む。

「オルフェン様……！」

「リフィア、怪我はないかい!?　遅れてごめんね」

夢じゃない。目の前にオルフェンがいる。

空から着地してきたオルフェンに、リフィアはしがみつくように抱きついた。

それをしっかりと受け止めたオルフェンは、「間に合って、本当によかった……！」と噛みしめるように、強く抱き締め返してくれた。

「あーゴホン！　感動の再会してるところ悪いんだけど、実はまだ何にも解決してないんだよね……」

ポリポリと頬をかきながら声をかけてくるアスターに、「少しくらいいいだろう！」とオルフェンはムッとして言い返している。

対照的にリフィアは「す、すみません！」と慌ててオルフェンから離れた。

「あれれ、増えちゃった。まぁいいや、その特別そうな黒髪の男を殺せば、聖女様をきっと怒らせることができるよね」

面白い玩具を見つけた子どものように、メアは無邪気に笑うと、「肩慣らしに、こちらも増援を呼んであげるよ」と言って、パチンと指を鳴らした。

ガサガサと草の根を掻き分け、何かがこちらに近付く足音が聞こえてくる。辺りを見回すと、強靭な牙を剥いて威嚇する人狼の群れに包囲されていた。

「か、かこまれてしまったぞ！」

おろおろと慌てふためくアスターを見て、オルフェンは空を飛ぶとこちらに手をかざし、

「プリズンガード」と呪文を唱えた。空から大きな檻が降ってきて、リフィアは皆と共に安全な檻の中に閉じ込められてしまった。

「狼狽えるな、アスター。元よりこのような状況を想定して来ただろう。君のやらかしたミスのおかげで、予行演習はばっちりだ」

「こんな時に、さりげなく嫌みだと!?」

「ふっ、安心しろ。これくらいただの肩慣らしだ」

アスターに軽口を叩いた後、オルフェンはこちらに視線を向けて声をかけてくれた。

「リフィア、少しだけここで皆と待っていてくれるかい?」

こんなに大群の魔物を相手に一人で行かせたくない。

けれど自分がそばにいても、足手まといになるだけなのもわかっていた。

「オルフェン様、どうかお気をつけください」

「ありがとう。君が完全に呪いを解いてくれたおかげで全力を出せるから、安心して。すぐに終わらせてくるよ」

不安を解くかのように優しく微笑んでくれたオルフェンの姿を、リフィアはしっかりと目に焼き付けた。身を翻したオルフェンは光魔法を唱えて身体を強化し、魔物たちと対峙する。そんな彼の背中は魔法のせいか、夜空の中でもキラキラと輝いて見えた。

「オルフェン様、俺も一緒に戦わせてください!」と、一緒に檻に閉じ込められてしまったのが不服なようで、ラウルスは柵を掴んで訴えている。

「万が一に備えて、君はここで皆を守っていてくれ。頼んだぞ、ラウルス」

顔に苦渋の色を滲ませながらも、ラウルスはオルフェンの意を汲み取ったらしい。胸に手を当て「かしこまりました」と敬礼して彼の背中を見送った。

「獲物を一ヶ所にまとめてくれたならちょうどいい。狙うはあの檻だ！」

メアが魔物たちに檻を攻撃するよう指示を出す。

「この檻には、指一本たりとも触れさせない。テンペスト！」

檻の周囲に大きな水の竜巻を発生させたオルフェンは、メアと魔物たちをまとめて空に飛ばした。魔物たちが上空に集まったところで、雷を落とし一気に片づけた。

（すごいわ、オルフェン様！）

安心したのも束の間、メアはシールドを作っていたようで無傷だった。

優雅に翼をはためかせ、空に浮いている。

「へぇーなかなかやるじゃん。だったら、これならどうかな？」

メアが再びパチンと指を鳴らすと、空に大きな赤い魔法陣が出現した。そこから耳をつんざくような咆哮を上げながら、真紅の鱗を持つ竜族の悪魔が召喚されてくる。

「おいおい、どれだけ出てくるんだ⁉」

魔法陣から次々と出現する悪魔を見て、アスターが驚きを隠せない様子で叫んだ。

「お前たち、まずは黒髪の男からやっつけろ」

メアは空から高みの見物をしながら、悪魔たちに指示を出している。

御意と短く返事をした竜族の悪魔たちが四方に飛んで散らばり、オルフェンめがけて一斉に灼熱の炎を吐いた。

「オルフェン様っ！」

逃げ場なく炎に包まれたオルフェンを見て、思わず悲痛な声が漏れる。不安に押し潰されそうになった時、炎のドームから大きな水柱が天に向かって突き出し、その中心からオルフェンが風を操り高く飛んで脱出した。

「サンダースラッシュ！」

ブレスを放ち硬直状態の悪魔たちに、オルフェンが複数の雷風の刃を放つ。放たれた雷風の刃は悪魔たちの背後を取り、カーブを描きながら彼等の翼を次々と切り落としていく。翼を失い感電した悪魔たちは、身体を小刻みに震わせながら地面へと落下し消滅した。

「やったぞ、ルー！」

「さすがです、オルフェン様！」

オルフェンの見事な活躍を見て、アスターとラウルスが歓喜の声を上げた。

しかし空にある魔法陣からは、未だ悪魔が召喚され続けている。

固唾を呑んで見守っていると、悪魔たちは互いに連携を取り、オルフェンを包囲し反撃の隙を与えないようずらして、攻撃をし始めた。

　無限に召喚される悪魔を相手にしても埒が明かない。そう判断したのか、オルフェンも隙を見てメアに攻撃を仕掛けようとするが、魔法陣から出てきた悪魔がメアを守り攻撃が届かない。

「あはは、僕に攻撃しようなんて甘いよ。君はそのまま魔力を使い果たして、死ぬがいい」

　悪魔たちに守られながら、メアは高笑いしている。

「やはり、未来は変えられなかったのか……」と、アスターが顔に悲愴感を滲ませる。

（あの魔法陣をどうにかしないと、オルフェン様の体力が持たないわ……）

　安全な場所からただ見ていることしかできないのが、とても歯痒かった。悔しくて俯いた時、地面に落ちて消滅する悪魔を見て奇妙な違和感を覚えた。

「あれは本当に、悪魔なのでしょうか？」と、思わず抱いた疑問が口から漏れる。

「あの凄まじいブレス攻撃に、命令を理解し連携を取る知能を併せ持つ。間違いなく悪魔だろう！」

　悪魔を実際に見たことがないリフィアは、その不自然さを言葉でうまく説明することができなかった。しかしリフィアの言葉を聞いて、「いいえ殿下。夫人が仰る通り、確かに不自然です！」とラウルスが助け船を出してくれた。

「悪魔や魔物の死体には邪気が宿りやすく、放置すると疫病の元にもなります。なので討伐任務の際には、必ず全ての死体を焼却処分します。極大魔法を使った後なら死体が出ないのもわかるのですが、あの悪魔たちは地面に落下して跡形もなく消滅しているのがどうも不自然に思います」

「言われてみれば、確かにそうだ。まるで模擬討伐訓練の魔獣みたいだな」

アスターの発言に何か閃いたのか、「それです、殿下！」とラウルスが突然大きな声を出した。

「あの召喚された悪魔たちはもしかすると、本物を模して作られたレプリカなのかもしれません。身体の一部を失うことで消えるのはおそらく、本来の機能をうまく維持できないためでしょう」

「一人であれだけのレプリカを作るなど、あの悪魔は一体何者なのだ⁉」

「夢魔族最強の悪魔と名乗っていましたし、間違いなく上級種族の悪魔でしょう。しかも恐ろしいことに、彼はあの身体を操っているだけで、本体を現してすらいません」

ラウルスの言葉に重い沈黙が流れる。

このまま戦い続ければ、明らかにオルフェンが不利なのは明確だった。

「んー避けてばかりで面白くないな。お前たち、作戦変更だ。今度はあの檻を狙え！」

代わり映えしない景色に飽きたのか、メアは悪魔たちに命令を出した。

一斉にこちらを向いた悪魔たちが、灼熱の炎を吐いてくる。

「リフィアには、指一本触れさせない！　ダイヤモンドダスト！」

オルフェンの放った極大魔法が、上空を白銀の世界へと変えた。

キラキラと輝く無数の鋭い氷の刃が、悪魔たちの全身を切り刻み消滅させていく。

威力を失った灼熱の炎は冷気で包まれ、花火の残り火のように消えた。

思わずその幻想的な美しさに目を奪われていると、オルフェンの後ろで大きく手を振り上げたメアの姿が視界に入る。

「オルフェン様、後ろに……っ！」

檻を掴み、リフィアが必死に訴えて呼び掛けるも間に合わない。

「油断したね。本当の狙いはこっちさ！」

メアが容赦なく強靭な爪をオルフェンの背中に振り下ろした。

オルフェンの身体が弓なりに曲がり、大きく引き裂かれた背中から鮮血がほとばしる。

「君も道連れだ！　ライトニングストーム」

落下しながらオルフェンはメアに向けて手をかざし、雷の嵐を放った。

「甘いね、ヘルフレイム！」

片手を前に突き出したメアは、禍々しい黒い地獄の業火を放って応戦している。

二つの強大な魔法が轟音を立ててぶつかり合い、やがて大きな爆発が起こった。

「いや……っ、お願い、もうやめて！　オルフェン様！」

激しく地面に叩きつけられるオルフェンを見て、思わず悲鳴が漏れる。

「何があっても、必ず……リフィアは、僕が守る！」

舞い上がる粉塵の中、よろめく身体に鞭を打ってオルフェンが立ち上がった。そんな彼の勇姿に、堪えきれず涙があふれ視界が滲む。愛しい人の姿を少しでも目に焼き付けておきたくて、リフィアは必死に涙を拭った。

鮮明になった視界の先では、爆風に飛ばされ片翼を失い佇むメアの姿がある。メアは手を高く振り上げると、オルフェンを指差し声高らかに叫んだ。

「さぁ、トドメだ！　お前たち、あの男を消し炭にしろ！」

上空では、魔法陣から新たに召喚された竜族の悪魔たちが、空を占領している。

メアの命令に従い悪魔たちが大きく口を開き、灼熱の炎を吐こうとしていた。

（もう見ているだけなのは嫌だ。ただ守られるだけなのは嫌だ。私もオルフェン様を、守れる存在になりたい！）

満身創痍のオルフェンに、リフィアは無我夢中で手を伸ばした。しかし物理的な距離には抗えず、神聖力は届かない。現実を思い知らされ、その場に膝から崩れ落ちる。

リフィアの視界は再び滲みだし、伸ばした手は小刻みに震えていた。

どうしてこんなにも無力なのだろう……肝心な時に届かない力なんて、何の意味もない！　自分自身が許せないと強く感じた時、ヘリオスの言葉を思い出した。

『聖女の力に怒りの感情が加われば、火に油を注ぐようなもの』

このまま自分自身を許さなければ、もっと強い聖女の力が使えるのでは？　誘惑に流されれ、心の奥底に眠る黒い感情に呑み込まれそうになった時、輝く光が視界に映った。

「フィア、光魔法で私もサポートする。お前の想いをルーに届けるんだ！　大丈夫、きっと届くはずだ！」

必死に励ましてくれるアスターを見て、さっきの光の正体が彼だとわかった。こくりと頷くと、アスターが「クルセイド！」と光の補助魔法を唱えてくれた。先程芽生えた黒い感情は消え去り、全身に希望が湧き、心が研ぎ澄まされる感覚がした。

「どうかおそばに！　貴方のおそばにいさせてください、オルフェン様……っ！」

リフィアの強い想いが神聖力となり、一気に外に放出する。

辺り一面に広がった神聖力は、森を覆うほど大きな聖域の殿堂を作り出した。

光り輝く殿堂は夜空を綺麗に彩り、思わず息を呑むような神秘的な美しさを放っている。

「くっ、な、何だこれは……！　力が、入らない……」

降り注ぐ光の粒子を浴びたメアが、突然頭を抱え苦しみ出す。力をうまく保てなくなったのか魔法陣が消滅し、上空を蹂躙していた竜族の悪魔たちも次々と消えていく。

「すごいですわ、お姉様！　悪魔たちが消滅していきます！」

「なんて美しい。まるで神話に出てくる光の宮殿のようです！」

「フィア、やはり君には大聖女の力があったんだね！」

眼前に広がる奇跡の光景に驚きながらも、リフィアはただある一点を見つめていた。

「温かい……力が漲ってくる！　すごいよリフィア、ありがとう」

降り注ぐ光の粒子はオルフェンに生命力を与え、瞬く間に彼の怪我を治していく。

傷の癒えたオルフェンを見て、リフィアはほっと安堵のため息を漏らす。

（オルフェン様に、届いた！　本当に、よかった……！）

「これで終わりだ、プリズンチェーン！」

頭を抱えうずくまるメアを対悪魔用の強固な光の鎖で縛り上げ、オルフェンは彼のもとへ足を進めて問いかけた。

「何の目的でリフィアを攫った？　知っていることを全て吐け！」

メアはオルフェンから顔を背けると、なぜかこちらに視線を向けてくる。

「これから先、君の命を狙ってたくさんの悪魔が押し寄せてくる。君はずっと命を狙われて、その度に周囲を危険に巻き込むことになるだろう。ねぇ、聖女様。こんな生活、君は幸せ？　壊してやりたいって、思わない？」

（これから先もずっと、私を狙って悪魔が……）

傷付いた皆の姿が脳裏をよぎり、震えが止まらない。大切な人たちを危険に巻き込むくらいなら、離れた方がよいのではないか。不安に押し潰されそうになった時、オルフェン

が庇うように前に立ち、メアの視線を遮ってくれた。

「たとえ何万の悪魔の大群が押し寄せてこようが、リフィアは決して渡さない。僕が必ず守って、幸せにしてみせる！」

そばにいてもいいんだと教えてくれるその背中が、彼の言葉がじんわりと心を温め、勇気をくれた。

「私は、今ある幸せを大切に守っていきたいです。だから大切な人たちを守れるように、これからもずっとオルフェン様の隣に並んでいられるように、努力します！」

こちらから視線を外したメアは空を仰ぎ見て、そっと目を伏せた。

「行き過ぎた力はいずれ、自分自身さえも蝕むだけだ。君は僕と同類だと思っていたけど、今はまだ……違うんだね」

そう言い残して、メアはそのまま気を失った。彼の身体に吸い込まれていた邪気が一気に放出され、辺りが淀んだ空気に包まれる。

「まさかここは……」と声を漏らしたアスターが、尋常ではない邪気の漂う光景に固唾を呑んでいた。

「もう苦しまなくていいんだよ。どうか安らかに、お眠りください」

リフィアは胸の前で両手を組んで、犠牲になった少女たちの魂に祈りを捧げる。

聖域の殿堂から降り注ぐ光が、少女たちの深い悲しみを温かく包み込んで浄化した。

その時、ヘリオスの額にあった紋章が赤黒い光を放ち、一枚のカードが浮かび上がる。警戒するオルフェンの前でボッと音を立て、カードは黒い炎に焼かれて消滅した。悪魔との契約が切れたのか、悪魔化していたヘリオスの身体が元の人間の姿に戻った。酷く傷付いたその身体を見て、皆は一様に顔をしかめ、そっと目を伏せる。

（ヘリオス様、貴方にはまだやらなければならないことがあるはずです。どうか、生きてください）

リフィアの祈りに呼応するように、聖域の殿堂はヘリオスに生命力を与え、傷を綺麗に癒やしていく。その時、銀色の鳥が一羽、夜の森を力なく飛び去る姿が目に入った。

「あんなに酷い怪我が治るなんて、フィアの力は本当にすごいな！」

アスターの言葉に頷きながら、オルフェンは注意深くヘリオスの様子を観察している。

「どうやら悪魔との契約も切れたようだな。目立った外傷もないし、呼吸も正常。直に目を覚ますだろう」

安全を確認して檻を解いたオルフェンは、振り返りラウルスに指示を出す。

「ラウルス。この者を連れ帰り、急ぎ尋問の準備だ」

「かしこまりました、オルフェン様」

二人は手慣れた様子で、ヘリオスの身体に罪人用の拘束魔導具を装着していく。

「あの、オルフェン様。ヘリオス様は今後、どうなるのでしょうか？」

「聖女であるリフィアを攫った罪は重い。しかも悪魔との繋がりもあった。尋問の後に処刑が妥当だろうね」

このままではいけないと、リフィアはアスターの方に向き直り、深く頭を下げた。

「アスター殿下、どうかヘリオス様に、過去の冤罪を晴らす機会を与えていただけないでしょうか？　お願いします！」

最悪の形で再会させてしまったセピアとヘリオスを、このまま別れさせたくなかった。たとえ父を断罪することになったとしても、エヴァン伯爵家に相応しい正当な後継者を、セピアの地位を確固たるものにしてあげたかった。

「何か事情があるようだね。わかった、父上に掛け合ってみよう」

「ありがとうございます！」

「お姉様、どうしてそのような……この方はお姉様を攫って、酷いことをした罪人なのですよ！」と眉をつり上げて怒るセピアに、リフィアは意を決して真実を打ち明けた。

「セピア。ヘリオス様はお父様に冤罪をかけられて、エヴァン伯爵家を追放されてしまったの。だから……」

「お姉様は優しすぎます！　こんな時まで人の心配ばかりして、無事だったからよかったものの、私がどれだけ心配したことか……！」

（セピアが私のために怒ってくれるなんて。どうしよう、すごく嬉しい！）

「ありがとう、セピア」

「またそうやってヘラヘラして誤魔化して！　わ、私は……」

「優しいのはセピアの方よ。私は貴女の正義と優しさに救われたの。ヘスティア様の魔法で火の鳥を召喚した時のセピア、すごくかっこよかったわ！　ラウルス様も、そう思いませんでしたか？」

振り返ってラウルスに声をかけると、優しく口元を緩めて彼は答えてくれた。

「確かにそうですね。聖なる火の鳥を従えるその姿は、まるで女神様のようでした」

「ら、ラウルス様まで！　じょ、冗談はよしてください！」

「冗談ではなく、本当に美しい女神のようだった」

普段冗談を言わないラウルスの言葉に嘘偽りはなく、セピアは頬を赤く染め金魚のように口をパクパクさせていた。

(少しは二人の仲を取り持つことができたかしら？)

二人の様子を微笑ましく見守っていると、アスターに声をかけられた。

「フィア。私もお前に、話さなければならないことがあるんだ」

神妙な面持ちをしたアスターは、どこかそわそわして落ち着かない様子だった。

「まずは、その……この森を浄化してくれて、ありがとう。囚われていた少女たちの魂も、これできっと安らかに眠れるだろう」

深い哀愁を帯びた眼差しで、アスターは焼け落ちた建物に視線を移した。

「アスター殿下は、この場所のことをご存じだったのですか？」

「資料で読んだことがあるんだ。ここはおそらく、聖女養成所。百年ほど前に、王家が犯した最大の罪が集う場所だろう」

それからアスターはぽつぽつと、百年前に行われていた人工聖女の実験について話してくれた。聖女も占星術士も生まれなかった時代に、世界樹を延命させるために王家が裏で行っていた恐ろしい実験の概要を――。

「今もこの国に人々が住めるのは、数多の人工聖女たちが犠牲となり、世界樹を復活させてくれたおかげなんだ。それで、フィア……その……」

アスターはどこか歯切れが悪そうに、口を開いては閉じを繰り返している。

「今ならアスターをグーで殴っても不敬罪にはならない。ボコボコにしてやるんだ」

握り拳を作りながら不敵な笑みを浮かべて現れたオルフェンに、リフィアの頭は疑問符で埋めつくされる。

「……はい!?　オルフェン様、突然何を……」

「ああ、ルーの言う通りだ。フィア、すまなかった！　私はお前を予知通り聖女に目覚めさせるため、不遇な扱いを受けているのを知っていながら、ただ傍観することしかできなかった。つらい時に何も力になってやれず、本当にすまなかった」

「それだけじゃない。僕の死を予知したとか言って君のもとに行かせないよう、足止めまでしてきたんだよ。この罪は万死に値するよね」

「オルフェン様、どうか落ち着いてください！」

手に火の玉を作り出したオルフェンの腕にしがみつき、リフィアは慌てて止める。

「私の見た未来ではこの場にラウルたちはいなかったし、増え続ける悪魔の大群を前に、為す術なくルーは命を落とした。その結果怒りに身を堕としたフィアが力を暴発させ、世界を滅ぼす未来が見えていたんだ。都合良く利用しておいて、国のためと大義名分に罪を被せ、私はルーを足止めしてお前を見殺しにしようとした。本当にすまなかった」

『――都合よくこの世界に利用されて、搾取される人生は幸せかい？』

ふと、リフィアの脳裏に悪魔の言葉がよぎった。

（アスター殿下の見た未来の世界ではきっと、私は悪魔の言葉を真に受けてしまったのね）

愛するオルフェンを失って、都合よく聖女として作られた存在だと教えられて、切り捨てられたことを知り絶望する。

でもそんな未来は訪れなかった。セピアとラウルスが命懸けで助けに来てくれて、悪魔の言葉に耳を貸してはいけないと教えてくれたから。

「どうか顔をお上げください、アスター殿下。そんなに恐ろしい未来に抗って、オルフェン様も殿下も私を助けに来てくださいました。それに殿下が私を魔法で補助してくださったから、オルフェン様を救うことができたんです。本当にありがとうございます」

「私は、お前にお礼を言われるようなことなど何も……」

アスターがそう言って俯いた時、彼の結われた長い金髪が肩からこぼれ落ち、聖域の殿堂の光に照らされてキラキラと輝いて見えた。

『大丈夫、いつか誰にでも扱える魔導具ができるよ』

その美しい輝きを見て、昔優しく声をかけてくれた神官のことをリフィアは思い出していた。顔はわからなかったものの、声のトーンやフードから覗く髪は、アスターによく似ていた気がする。

「もしかして、魔力検査を受けた神殿で声をかけてくださった神官様は、アスター殿下だったのではありませんか？」

「……はっ!? と、突然何を言って！ そ、そんなわけ……！」

「動揺しすぎだ、アスター。その態度、自分から『はいそうです』と言っているようなものじゃないか」

「あの照明魔導具も、魔力を持たない私のために、作ってくださったものなんですね」

「な、なぜそれまで知っているんだ……!?」

「祝宴の時に、教えてくださったではありませんか。『お前のために作ったものだ、喜んでもらえて私も嬉しいよ』と」

「あの時かなり酔っていたから、墓穴を掘ったことを覚えてないんだろう、馬鹿め」

恥ずかしそうに顔を赤く染めるアスターに、オルフェンは普段のお返しだと言わんばかりにほくそ笑んでいる。

「だがそんなことくらいで、私の罪が許されるとは思っていない」

唇をきゅっと嚙みしめ、思い詰めたように俯くアスターに、リフィアは優しく諭すように声をかけた。

「あの時殿下が励ましてくださらなかったら、私は無力な自分が許せず、聖女の力を暴発させていたかもしれません。こうして今、皆が無事でいられることがとても幸せなんです」

ゆっくりと顔を上げたアスターに、リフィアはにっこりと微笑んで言葉を続ける。

「どうかこれ以上、ご自身を責めないでください。王太子として殿下の背負う重責はとても大変なものだと思います。何か力になれることがあれば、遠慮なく仰ってくださいね」

アスターの震える肩にポンと手を置いて、オルフェンが口を開いた。

「どうだアスター、僕の妻は天使だろう。どうしようもない馬鹿者にも、こうして優しく慈悲をかけてくれるんだ。だからあまり自分を責めるなよ。幸せな今があるのは、君が世界を救おうともがき続けてくれたおかげでもあるからな」

皮肉を交えながらも、アスターを気遣うオルフェンの姿がとても愛おしく感じた。

「フィア、ルー……すまない、ありがとう……っ！」

ポロポロと流れ落ちる嬉し涙を、アスターは必死に拭っている。

(あれ、おかしいな。足に力が入らない)

無理をしすぎたせいか、リフィアの身体は限界にきていた。

傾いた身体をオルフェンが咄嗟に支えてくれ、そのまま横抱きにされた。

「帰ろうか。リフィアにこれ以上無理はさせられない」

「ありがとうございます、オルフェン様」

「よく頑張ったね。帰ってゆっくり休もう」

緊張が解けほっと胸を撫で下ろしたリフィアはやがて、オルフェンの腕の中でスースーと健やかな寝息を立て始める。こうして聖女誘拐事件は幕を閉じた。


あの事件から三日後——冬の舞踏会の事件のことで、スターライト城には秘密裏に関係者が呼び集められていた。

オルフェンと共に、リフィアは謁見の間へと足を踏み入れる。

国王の傍らにアスターが控え、すでにラウルスやセピアは入場していた。

その後に衛兵に連れられて、セルジオスとヘリオスもやって来た。

「ではこれより、先日の冬の舞踏会の騒動についての確認調査を行う」

アスターが事の顚末を全て報告書として事前に提出し、国王はそれを読み上げながら各関係者に事実確認を取る作業が行われる。

「まずはセルジオス・エヴァン、そなたは冬の舞踏会で失態をさらし、我が国の宝である聖女リフィア・クロノス殿に不当な条件を迫り、手を上げようとしたそうだな？」

国王の言葉にセルジオスは、必死に取り繕う。

「い、いえ、私はそのようなこと、決していたしておりません！　たまたま頭をかこうと上げた手を勘違いされたのです！　そうだよな、リフィア！」

鬼気迫るセルジオスの視線に、リフィアの身体は萎縮する。証言をしなければ……と思うのに、あの時セルジオスに感じた恐怖から上手く言葉が出てこない。

喉からヒューと息だけが漏れて、呼吸の仕方さえわからなくなる。

「大丈夫、ゆっくり深呼吸してごらん」と耳元で囁かれたオルフェンの声に、リフィアは何とか落ち着きを取り戻す。呼吸を整え、しっかりと前を向いて口を開いた。

「か、勘違いではありません。父は私に……二番目の子を養子にくれと迫り、断ると……手を振り上げました」

全てを言いきった後、脱力した身体をオルフェンが背中に手を回して支えてくれた。

「ち、違うだろ、リフィア！　そうじゃないだろ！」と声を張り上げるセルジオスに、国王が「静粛に」と遮る。

「よく頑張ったね、後は僕に任せて」

セルジオスからリフィアを庇うように自身の背に隠したオルフェンは、発言の許可を取るべく静かに手を挙げる。

「オルフェンよ、そなたの証言を聞こう。申してみよ」

「発言の許可をいただきありがとうございます。セルジオス・エヴァン伯爵は生まれた二番目の子どもを養子にくれと不当に迫り、妻が断ると激昂し大きく手を振り上げました。そこには鬼気迫るものがあり、私が止めに入らなければ妻はおそらく怪我をしていたでしょう。それは多くの者が目撃しておりますし、クロノス公爵家の守護女神ウルズに誓って相違ないことを証言いたします」

守護女神に誓った言葉に嘘は許されない。もし虚偽の誓いを立てた場合、神の信頼を失った罰として落雷を受ける。もちろん、正しい証言をしたオルフェンのもとに雷は落ちてこない。

「守護女神の誓約においてオルフェンの証言が正しいこと、しかと見届けた」

ヴィスタリア王国では守護女神を持つ名門貴族の血筋の者の証言は、神に誓いを立てて証明するのが一般的だ。国王が誓約を見届けて、その証言が正しいことが証明される。

「わ、私は王家に忠誠を誓う由緒正しきエヴァン伯爵家の当主として、家名存続のために必死だったのです……！」

「では、事実だと認めるのだな？」

悔しさを滲ませながら拳を握りしめ、セルジオスは「はい」と小さく呟き俯いた。

「さらに二十年前、当時エヴァン伯爵家の長男であったヘリオス・エヴァンに対し、魔石鉱山を不当に売却し横領をしたと不名誉な罪を被せて廃嫡へ追いやったとの報告が上がっている」

「い、いいえ！　そのような事実はございません！」

「そうか。それならヘリオス・エヴァン。今ここでその事実をエヴァン伯爵家の守護女神ヘスティア様に誓いを立ててみよ」

国王の言葉に、ヘリオスは「かしこまりました」と強く頷き宣言する。

「私、ヘリオス・エヴァンは魔石鉱山の売却には一切携わっておりません。全てはセルジオス・エヴァンと腹違いの兄ゲルマンが企て実行したことです。エヴァン伯爵家の守護女神ヘスティアに誓って相違ないことを証言いたします」

正しい証言をしたヘリオスのもとに、雷は落ちてこない。

「守護女神の誓約においてヘリオスの証言が正しいこと、しかと見届けた。ではセルジオス、今度はそなたが誓いを立てよ。正しき裁きが下されたら、そなたの言葉を信じよう」

顔面蒼白になったセルジオスは肩をすぼめ、背中を丸めている。

そんな彼に追い討ちをかけるように、国王はさらに言葉を続けた。

「もっとも当時は売却の実行犯をゲルマンにやらせ、狡猾にも伯爵の前では兄が売却したと名前を伏せて誓いを立て、反論の余地を与えることなくあっという間に追放したそうだな。もちろんそんな略式の誓いでは済まされぬ。さぁ、やってみせよ」

威圧的な国王から鋭い眼光で睨まれたセルジオスは、その場にくずおれる。

落雷に打たれるより、恥を忍んで命を乞う方を選んだ彼は、両手と額を床に擦り付け、

「も、申し訳ありませんでした！」と謝罪の言葉を口にした。

「そなたの忠義、信じておったのに誠に残念だ」

国王は大きくため息をつき、セルジオスに言い渡した。

「セルジオス・エヴァン。今この時を以て、そなたの持つ伯爵位を剝奪し、流刑に処す」

「そ、そんな……リフィア！　助けてくれ！　聖女の称号を持つお前の擁護があれば！」

こちらにすがりつこうとするセルジオスは、衛兵に捕らえられ床に押さえつけられる。

酷く落ちぶれた父の姿を見て、リフィアの心は痛んだ。それでも父は人としてやってはいけないことをした。娘としてそこは目を逸らしてはいけないと、意を決して口を開く。

「お父様。どうかご自身の犯した罪を、きちんとその身で償ってください」

抜け殻のように生気の抜けたセルジオスは、そのまま衛兵に連れていかれた。

「本来ならヘリオス。そなたの名誉を挽回させ新たな伯爵に任命したいところだが、悪魔と契約を交わしリフィア殿を誘拐するという暴挙を犯した。ゆえにそなたに与えることも

できぬ」

「もちろんです、陛下。あの時の汚名を返上できただけで私は満足です。私の犯した大罪については、如何なる罰も受ける所存でございます」

　発言の許可を取るべく、リフィアは右手をすっと挙げた。

「リフィア殿、そなたの証言を聞こう。申してみよ」

「ヘリオス様は確かに許されない罪を犯しました。ですが舞踏会では人々を眠らせただけで、誰も傷付けてはおりません。それに音楽家として活動する中でチャリティーコンサートを開き、困窮する人々を積極的に支援されていました。父の犯した罪のせいで輝かしい未来の大半を失ったことを考慮しても、そこには情状酌量の余地があり、どうか寛大なお心でご判断いただければ幸いです」

「ふむ、そうだな。リフィア殿、ちなみにそなたはヘリオスに対し何を望む？」

「私はヘリオス様の音楽が好きです。彼の作り出す音楽は、多くの者を魅了し楽しませてくれます。なのでこれからも音楽家として、素晴らしい音楽を人々に届けてほしいと思います」

　悪魔のヴァイオリンに頼らなくても、ヘリオスには唯一無二の才能がある。広場で聞いた即興演奏のような美しい音楽を、セピアにも聞いてほしい。

　そしていつか、ヘリオスの抱えていたセピアへの想いが伝われば嬉しいと思った。

「参考にしよう。ヘリオス、沙汰は追って下そう。本来なら到底許されぬ罪だが、リフィア殿の温情に感謝して報いるように」

「ありがたき配慮、痛み入ります。リフィア様、大罪を犯した私にまで心を傾けてくださり、誠に感謝いたします」

落ち着いた様子で、衛兵に連れられヘリオスは地下牢へと連れ戻される。その背中を、セピアは複雑な表情を浮かべてじっと見つめていた。

「セピア・エヴァン」

突然国王に名を呼ばれ驚いたのか、セピアの背筋がピンと伸びる。

「そなたは優れた追跡魔法と守護女神の魔法を駆使し、聖女奪還に大きく貢献したと報告が上がっている。その功績を称え、エヴァン伯爵の地位を授ける」

「え、わ、私にですか!?」

「秩序を司る守護女神ヘスティア様がそなたを認めておるのだ。そなた以外に任せられる者がおらぬ。引き受けてくれるか？」

「大変ありがたきお言葉ですが、舞踏会の夜から母も失踪し、伯爵家を一人で維持できるほどの力が、私には残念ながらございません。ですので……」

（お母様、失踪されたの!? あの夜お父様の様子もおかしかったし、きっと何かあったのね。大丈夫かしら……）

「どこかに、うら若き乙女を手助けできる好青年はおらぬかのう」

国王の視線がじっとラウルスに注がれる。

「高い魔力を持ち、家督を継ぐ必要もなく、フリーの頼れる者は、おらぬかのう」

しかしラウルスはなぜ自分が国王に凝視されているのか、困惑した様子だ。

そんな彼等の様子を眺め、アスターがにっこりと口元を緩めて手を挙げる。

「はいはいはい！」

国王が何してんだこの馬鹿息子、と言わんばかりのしかめっ面でアスターに渋々発言の許可を出した。

「アスター、申してみよ」

「星の導きの書を壊してしまった私は、どうせ遅かれ早かれ廃嫡される運命……ぜひとも力になろうではないか！　ぜひ入り婿させてはくれないか？」

アスターの言葉に、ラウルスの眉間に刻まれた皺がどんどん深くなる。

「え、あ、あの……」

突然のアスターの告白に、セピアは唖然とした様子で言葉が出てこない。

（まぁ、アスター殿下はセピアのことを！　でもセピアはラウルス様が……）

「あの馬鹿、そんな見え透いた挑発にラウルスが乗るわけないだろう」とため息をつくオルフェンを見て、アスターがわざと言ったのだと気付いた。

動向が気になり視線をラウルスに向けると、彼は静かに手を挙げて発言の許可を求めた。

「ラウルス、そなたの発言を許可しよう」

「はっ！　ありがとうございます！」

ラウルスはセピアの前に跪き、口を開いた。

「俺は君のことをいろいろ勘違いしていた。君の話をよく聞きもせずに一方的に別れを告げたことを、今ではとても後悔している。セピア嬢、もう一度俺にチャンスをくれないだろうか？　君のことをもっと知りたいんだ。結婚を前提に、俺と付き合ってほしい」

「はい、喜んで！」

嬉し涙を流すセピアに、ラウルスはお礼を言いながらそっとハンカチを差し出した。

「ラウルス、しっかりと支えてやるように」

「はっ、かしこまりました」

幸せそうなセピアとラウルスを見て、リフィアの心は温かいもので満たされていた。

「アスターよ。星の導きの書の件は、不問とする。より良き未来へと塗り替えたそなたたちに、罰など与えはせぬ。それよりお前の部屋に後程、釣書と姿絵をセットで百枚ほど送っておこう」

「やっぱりなんか理不尽だ！」と、アスターは顔を引きつらせている。

「もう未来に縛られる必要はない。いろいろと苦労をかけたな」

「それが私の役目ですから。でもこれからは、自分の幸せも求めてみようかと思います」

国王とアスターの視線の先には、幸せそうに微笑むセピアとラウルスの姿があった。

「そうか。それなら釣書と姿絵を、隣国からも取り寄せるとしよう。素晴らしき未来の王妃候補を見つけるために」

「むしろ全力で私の未来を縛っていませんか⁉　言葉と行動が違う！」と叫び、アスターはげんなりとした顔で国王を見ている。

「王族だからこそ、これからは我々の手で未来を切り開いて良きものにしていく必要がある。そのために、王妃の存在は不可欠であろう？　誰か良き娘はおらぬのか？」

国王の問いかけに、なぜかアスターの視線がリフィアに注がれて目が合った。

しかし突然前に立ったオルフェンにその視線は遮られ、その一部始終を見ていたらしい国王は血相を変えて叫んだ。

「ならぬ！　あのお方だけは、決して手を出してはならぬぞ！　血を見たいのか⁉」

「それくらい、私だって心得てますよ」と、アスターは残念そうに呟いていた。

半年後――イシス大神殿の大聖堂では大勢のゲストに見守られ、とある一組の夫婦の結婚式が盛大に執り行われた。

黒の大賢者オルフェン・クロノス、大聖女リフィア・クロノス。

ヴィスタリア王国を支える偉大な名誉勲章を持つ二人の姿を一目見ようと、沿道には多くの人が押し寄せ祝福した。

王都でも一番人気の高級服飾店に作らせた純白のウェディングドレスは、色白で華奢なリフィアの可憐な美しさを最大限に引き出していた。

裾には繊細なレースを幾重にも重ね、歩く度にふわりと上質なシルク布が揺れる。窓から差す陽光を浴びてキラキラと輝いていた。

綺麗に編み込まれた白髪の上にはゴールドティアラが輝き、耳にはオルフェンの瞳の色と同じアメジストの嵌め込まれた美しいイヤリングが揺れる。

神秘的なベールの下でもそれらの輝きは異彩を放っていた。

そんなリフィアを優しくエスコートしながら隣を歩くのは、白の礼服に身を包んだオルフェンだった。

襟元にある白地のジャボの上に輝くのは、リフィアの瞳と同じブルーサファイアの嵌め込まれたブローチ。中にはグレーのベストを着用し、白地に金の刺繍が施されたジャケットを羽織っている。

普段の黒い軍服は厳格なイメージを与えがちだが、対になるよう作られたその特別な白い礼服は、オルフェンの儚げな美しさを際立たせていた。

そんな二人の美しさに、会場からは思わず感嘆のため息が漏れていた。

教皇エレフィスが立会人を務め、誓いの言葉を読み上げた後問いかけてくる。それに対しオルフェンとリフィアがしっかりとした口調で誓いの言葉を述べ、式は滞りなく進んだ。

「それでは、誓いのキスを」

向かい合うと、オルフェンがゆっくりと頭に被せられたベールをめくってくれた。

幸せを噛みしめながら誓いのキスを交わした瞬間、イシス大神殿全体にキラキラとした温かな光の花びらが降り注いだ。

「リフィア、オルフェン、幸せになるのよ！」

数百年ぶりに世界樹セレスの祝福を受けたその結婚式は『幸せの象徴』として、ヴィスタリア王国民に多くの希望を与えた。

結婚式の後、初夏の花々が咲き誇るイシス大神殿の大庭園では披露宴が開かれていた。

中央には自由に座れる丸テーブル席が設けられ、両端には宮廷料理人が腕によりをかけて作った豪勢な創作料理や、王都で人気の一流パティシエが作った旬の果物をふんだんに使用した華やかな菓子などが所狭しと並べられている。会場では招待客が楽団の美しい生演奏を聴きながら、ゆっくりと食事や歓談を楽しんでいた。

挨拶回りも一段落し、皆がそうして自由時間を過ごしている頃、会場から少し離れたべンチでようやくリフィアは一息つくことができた。

「お隣、よろしいですか？」と声をかけられ振り返ると、そこにはセピアの姿がある。

「もちろんよ」と快諾して、隣の席を軽く手でぽんぽんと叩き座るように促した。

「お姉様！　結婚式、とても素敵でした。改めてご結婚おめでとうございます！」

「ありがとう、セピア。今度は貴女の番だね。とても楽しみだわ！」

あれからセピアとラウルスは順調に絆を深め、半年後には結婚式を挙げる予定だ。

招待状をもらった時、自分のことのように嬉しくて喜んだ。

「私が幸せを掴めたのは、全てお姉様のおかげです。本当にありがとうございます」

「そんなことないわ。セピア、貴女が自分で頑張って掴んだ幸せよ」

どこか暗い影を落とすセピアは、思い詰めた顔をしていた。

「ずっと、お姉様に言いたいことがあったんです！」

「急にどうしたの？」

「酷いことをして、誠に申し訳ありませんでした。あの頃の私は、自尊心を保つのに必死でお姉様の気持ちを考える余裕もなくて、本当に酷いことをしてしまったと、ずっと後悔していました」

「いいのよ。私だってあの時、貴女の手を素直に取ることができなかったから……」

深く頭を下げるセピアの肩に手を置いて、顔を上げるよう促す。

「ラウルス様に、謝る相手を間違っているのではないかと言われて初めて、自分の浅はかさに気付かされました。今さら虫のいい話なのはよくわかっています。ですが私は……これからもずっと、リフィアお姉様に、私のお姉様でいてほしいです」

あの時の返事を聞けたことが嬉しくて、思わず口元が緩む。セピアの膝の上で強く握られた拳の緊張を解くように優しく手を取って、リフィアは喜びを伝えた。

「もちろんよ！　あの時、貴女が助けに来てくれたから、私は今こうして幸せになれたんだもの。セピアは私の自慢の妹よ！」

「ありがとうございます！　お姉様が心から笑うようになってくださって、嬉しいです」

「やはり、セピアには気付かれていたのね……」

魔力がないことで両親や使用人に蔑視され、努力をしても報われず、自分にできることを探しては、一つずつ希望を失っていった。幼いセピアに余計な心配をかけたくなくて、差し出してくれた手を取ることもできずに、必死に笑って誤魔化していた。

「伯爵位を継いでから、心から悔い改めたいと願う者以外の使用人は一新しました。ラウルス様が信頼できる使用人をご紹介してくださったんです。それにお父様が多額の資金を援助してくださったおかげで、領地の運営も安定しています。だからお姉様、いつでも気軽に遊びに来てくださいね。エヴァン伯爵家は、いつでもお姉様を歓迎します！」

今も昔も変わらず手を差し伸べてくれるセピアが、リフィアにはとても眩しく見えた。

（もう壁なんて、作る必要はない。セピアがこうして求めてくれるなら、私はその手を掴んで生きていきたい）

「ありがとう、セピア。近いうちに遊びに行くわ！」

「ぜひ、お待ちしております！」

「そういえば、ヘリオス様はお元気？」

「お姉様のおかげで、お父様は元気に音楽活動が続けられています」

国王がヘリオスに下した判決は、リフィアの希望が大きく尊重された。王家監視のもと、今では再び音楽家としての活動が認められ、新たな音楽を世に生み出している。

「この間発表されたヘリオス様の新曲も素敵だったわね」

「はい、そうなんです！」

それからしばらく、これまで話せなかったことを少しずつ互いに話した。今まで埋められなかった溝を、少しずつ埋めるように。

話に花を咲かせていた頃、「フィア、セピア、助けてくれ！」とこちらに走ってきたアスターが、なぜか後ろに隠れた。

「待て、アスター！」

「往生際が悪いですよ、殿下！」

追いかけてきたオルフェンとラウルスが、そう言って背中に隠れているアスターに鋭い視線を投げかける。

「アスター殿下、一体何をなされたのですか？」

「無実だよ！　私は何もしていないんだ！」

リフィアの問いかけにアスターはぶんぶんと首を左右に振る。

その時、突然焦った声色で名前を呼ばれ、リフィアとセピアはそれぞれオルフェンとラウルスの腕の中に引き寄せられた。次の瞬間、ドドドと大きな足音が近付いたかと思えば、すぐに遠ざかっていく。ほっとした様子で解放してくれたオルフェンに、「何があったのですか？」とリフィアは思わず尋ねた。

「陛下が大々的にアスターの婚約者を募集し始めたらしくてね、名乗りを上げた令嬢たちにモテモテらしいんだ」

「俺たちを盾にして逃げる殿下を捕まえようとしたのですが、うまくいかず……」

「昔から、逃げ足だけは速いんだよね」と言って、オルフェンは視線を前方に向ける。

ドレスの両端を掴んで走るたくましい令嬢たちが、「あそこにいらっしゃるわ！」やら「待ってください、殿下！」などと声を上げ、アスターを追いかけている。

「ひぃいいい！」と悲鳴を漏らして逃げるアスターを眺めながら、オルフェンがため息をついた。

「僕たちの披露宴で、あれは迷惑でしょ？　縄で柱に結んでおこうと思ったんだけど」

(オルフェン様、それはいくらなんでも酷すぎるのでは……)

「床に粘着材、仕掛けておきますか？」

「それは他の人の迷惑になるからね」

「では殿下の魔力にだけ反応する罠を」

「そうだね。やっぱりアスターには檻がよく似合う」

オルフェンとラウルスの物騒な会話に、この二人、慣れているわ……と思わず苦笑いが漏れた。

「あ、あの、ラウルス様……」

未だ腕に抱かれたままだったセピアが、顔を真っ赤に染めて呼び掛ける。

「ああ！　すまない。苦しくはなかっただろうか⁉」

「は、はい！　大丈夫……れす……」

「ラウルス様、すぐにセピアを休憩室へ運んであげてください！」

「わかりました」

のぼせたように気絶してしまったセピアを、ラウルスは横抱きにして休憩室へと向かう。

(幸せになってね、セピア)

きっとあの二人なら、幸せなエヴァン伯爵家を築いてくれることだろう。

思い返せば色んなことがあった。隔離された孤独な生活の中で、何のために生きているのか見失いそうだった。母に暴力を受け存在を全否定されて、生きることを一度は諦めた。

聖女の力を一度死んでから得たものだと聞いた時は、恐ろしくて鳥肌が止まらなかった。それでもこの力があったからこそ、こうして幸せを掴むことができたし、大切な人たちの笑顔も見ることができた。

（皆の笑顔が、私を幸せにしてくれる。そうして生まれた幸せの連鎖が広がって、もっと大きな幸せになる。それを教えて気付かせてくれたのは……間違いなくオルフェン様ね）

神聖力は想いの力――それはクロノス公爵家に来て、オルフェンにたくさんの愛情をもらい、温かい人たちに囲まれて過ごす中で成長したものだと思っている。これまで諦めていたことを、皆が背中を後押ししてやってもいいんだと励まし、教えてくれたおかげだ。

目の前でアスターをどうやって捕獲しようかと画策する愛しい人を見上げる。

リフィアはオルフェンの服の裾を掴んで、軽く引っ張った。それに気付いたオルフェンは、優しく微笑んで声をかけてくれる。

「安心して、リフィア。悪は必ず捕まえて大人しくさせるから。僕と君の大切な日に騒動を起こす馬鹿者には、容赦しないよ」

正直、自分で怒る感情は未だによくわからない。

でも足りないものは補い合えばよいと、オルフェンが教えてくれた。

自分で怒れない分、こうしてオルフェンが怒ってくれるから、リフィアはとても幸せだった。二人の門出である結婚式を、オルフェンがとても大切に想ってくれているのが、よく伝わってくるから。

「そばにいてほしいです、オルフェン様。殿下にばかりかまわれて、寂しいです」

(それでもごめんなさい。さすがに、縄で柱に結ぶっていうのは……)

少し後ろめたさを感じつつも、リフィアはオルフェンを引き留めた。

「ご、ごめん！　そんなつもりは微塵もなかったんだ！　どうしても目について……」

オルフェンの頬に手を伸ばして、リフィアは口を開く。

「今日だけは、私を見ていてほしいです。オルフェン様を独り占めしちゃ、だめですか？」

(どうか今のうちに逃げてください、アスター殿下)

よく助け船を出してくれていたアスターに、心ばかりの恩返しのつもりだった。

それにリフィアは、騒がしいアスターが嫌いじゃない。

笑顔で突拍子もないことをして皆を驚かせる、トリックスターのように賑やかな人。

彼のおかげでオルフェンの色んな顔を知ることができた。

「全然だめじゃない。愛してるよ、リフィア。僕の目に映るのは、いつだって愛しい君だけでいい」

オルフェンの頬に添えた手を優しく掴まれ、まるで子猫が甘えてくるかのようにすりすりと頬擦りをされた。

「リフィア、君に出会えて僕は世界一の幸せ者だ。必ず君も幸せにするから、これからもずっと僕のそばにいてね？」

「もちろんです。貴方の存在こそ、私の幸せなのですから。愛しています、オルフェン様」

こちらを見てハッと息を呑んだオルフェンの瞳には、堪えきれない熱が籠っているように見えた。

そのまま吸い寄せられるように近付いてきて、触れるだけのキスをされた。

名残惜しそうなオルフェンの眼差しが、こちらをじっと見つめている。

「ねぇ、リフィア」と艶のある声で名前を呼ばれ、耳に顔を寄せてきたオルフェンが、甘く囁いてくる。

「僕たちも少し、休憩室に行かない？」

その言葉で、リフィアの耳は瞬く間に熱を持ち真っ赤に染まった。優しく微笑みながら返事を待つ愛しい人を見上げ、リフィアは満面の笑みを浮かべて口を開く。

「はい、オルフェン様！」

差し出された手に自身の手を重ねて、オルフェンと共に歩き出す。

大きくて温かい、少し筋張ったオルフェンの手を、嬉しくてぎゅっと握りしめる。

だってこの手を掴んでいる限り、未来には幸せしかないと知っているから――。

あとがき

初めまして、花宵と申します。

このたびは本作をお手にとって読んでいただき、誠にありがとうございます。

もともとこの作品は「小説家になろう」に短編として公開していたもので、第八回カクヨムコンに参加したくて長編化させたものでした。こうして書籍として刊行できたのは、ウェブ版を読んで応援してくださった皆様のおかげです。本当にありがとうございます！

昔からゲームをするのが好きで、この作品を短編から長編化するにあたり、大好きなゲームのキャッチフレーズをテーマに持たせたい！　との思いから、『生まれた意味を知る』主人公と『運命を解き放つ』ヒーローが織りなす、王道のシンデレラストーリーを書いてみたい。その上で、孤独だった主人公が紡いだ絆でピンチを乗り越え幸せを掴んでほしいという構想のもと、書き慣れない三人称で挑戦して悩みながら作り上げた作品でした。

改稿を重ねるごとに、ぐしゃっと絡み合った私の乱文を編集様が丁寧に解きほぐして読みやすくし、頭の中にあった理想の物語に近付けるよう、的確なアドバイスで洗練してくださいました。

そうしてウェブ版で私が描ききれなかったことや、迷いや葛藤でブレが生じた箇所などを全て洗い出した上で全面的に改稿し、書きたかったことを全て注ぎ込みました。個人的にはウェブ版で消化不良だったアスターの抱えていた事情や思いを、本作できちんと昇華してあげられたことが一番満足でした……！

また書籍を刊行するにあたりご協力いただいた皆様にも、改めて心よりお礼申し上げます。美しい表紙や挿し絵を描いて、書籍を魅力的に彩ってくださったイラストレーターのＬＩＮＯ様、荒削りだった作品を拾い上げ、初めての書籍化作業で何もわからない私に丁寧にご指導くださった担当編集様、書籍の制作や販売に携わりご支援くださった皆様のおかげで、こうして一冊の本として読者の皆様のもとへお届けすることができました。本当にありがとうございます。

そして幸いなことに、本作はコミカライズも決定しております。

自分の作った物語を漫画にしてもらうのが夢だったので、とても嬉しいです！

ぜひ楽しみにしていただけたらと思います。

最後に改めて、本作をお手にとって読んでくださった皆様に厚くお礼申し上げます。

もし少しでも皆様のお心に触れることができたなら、作家としてこれほど嬉しいことはございません。最後までお付き合いいただき、ありがとうございました。

花宵

「呪われた仮面公爵に嫁いだ薄幸令嬢の掴んだ幸せ」の感想をお寄せください。
おたよりのあて先
〒102-8177　東京都千代田区富士見2-13-3
株式会社KADOKAWA　角川ビーンズ文庫編集部気付
「花宵」先生・「LINO」先生
また、編集部へのご意見ご希望は、同じ住所で「ビーンズ文庫編集部」
までお寄せください。

呪(のろ)われた仮面公爵(かめんこうしゃく)に嫁(とつ)いだ薄幸令嬢(はっこうれいじょう)の掴(つか)んだ幸(しあわ)せ

花宵(かしょう)

角川ビーンズ文庫　24189

令和6年6月1日　初版発行

発行者———山下直久
発　行———株式会社KADOKAWA
〒102-8177　東京都千代田区富士見2-13-3
電話 0570-002-301（ナビダイヤル）
印刷所———株式会社暁印刷
製本所———本間製本株式会社
装幀者———micro fish

本書の無断複製(コピー、スキャン、デジタル化等)並びに無断複製物の譲渡および配信は、著作権法上での例外を除き禁じられています。また、本書を代行業者等の第三者に依頼して複製する行為は、たとえ個人や家庭内での利用であっても一切認められておりません。

●お問い合わせ
https://www.kadokawa.co.jp/（「お問い合わせ」へお進みください）
※内容によっては、お答えできない場合があります。
※サポートは日本国内のみとさせていただきます。
※Japanese text only

ISBN978-4-04-114986-7C0193 定価はカバーに表示してあります。　◇◇◇

©Kasho 2024 Printed in Japan

角川ビーンズ小説大賞

角川ビーンズ文庫では、エンタテインメント小説の新しい書き手を募集するため、「角川ビーンズ小説大賞」を実施しています。

他の誰でもないあなたの「心ときめく物語」をお待ちしています。

大賞
賞金100万円
シリーズ化確約・コミカライズ確約

角川ビーンズ文庫×FLOS COMIC賞
コミカライズ確約

受賞作は角川ビーンズ文庫から刊行予定です

募集要項・応募期間など詳細は
公式サイトをチェック！ ▶▶▶▶
https://beans.kadokawa.co.jp/award/

●角川ビーンズ文庫● KADOKAWA